학생회와 레비아탄

DX.4

이시부미 이치에이 지음

미야마 제로 일러스트

이승원 옮김

목차

표지 · 본문 일러스트
미야마 제로

그 남자는── 최강의 창을 가지고 태어났다.

그 남자는── 아무것도 없이 태어났다.

「임페리얼 퍼퓨어」팀
VS
「천제의 창」팀 편

──영웅의 증명──

Power.1 멸망이 없는 대왕

듈리오가 이끄는 『천계의 조커』와의 시합이 끝난 직후.

우리는 명계의 마왕령에 있는 수도 「릴리스」를 찾았다. 그 이유는──.

"후후후. 드디어 네 운도 다한 것 같구나, 찌찌 드래곤!"

야외 대형 무대 위에서 악역 같은 복장을 한 「마룡장(魔龍將) 버보」, 보버가 갑옷 차림으로 무릎을 꿇은 「찌찌 드래곤」, 나를 내려다보며 조소를 흘렸다.

나 또한…….

"큭! 마룡장 버보가 이렇게 강할 줄이야……!"

……하고 지극히 히어로다운 대사를 입에 담고 있었다.

그러자, 관객석을 가득 채운 아이들이 나를 응원했다.

"찌찌 드래곤, 지면 안 돼애애애앳!"

"일어서어어엇!"

현재 펼쳐지고 있는 것은 「젖룡제 찌찌 드래곤」의 야외 히어로쇼다!

그렇다. 연구회 멤버들은 이 히어로쇼를 비롯해 각종 행사에 출연하기 위해 단체로 명계에 왔다.

레이팅 게임 국제대회와 학업도 중요하지만 이런 일도 우리에게 중요한 임무인 것이다.

이번에 참가한 「찌찌 드래곤」 야외 히어로쇼는 텔레비전 방송과 연동되며, 텔레비전 시리즈 새 시리즈 돌입을 기념해서 본인인 우리가 출연하기로 한 특별 공연이다.

——그리고 보버가 맡은 「마룡장 버보」는 텔레비전 새 시리즈에 등장하는 새로운 적이다.

물론 텔레비전을 비롯한 다른 이벤트에서는 우리로 분장한 배우 분들이 연기를 해 주지만…….

내 신하가 된 지 얼마 안 된 보버도 「찌찌 드래곤」에 참가하게 되다니…… 그레모리 가문의 관계자들은 정말 눈치가 빠를 뿐만 아니라 일처리도 빠르다니깐…….

——아무튼, 새 TV 시리즈와 연동한 히어로쇼에서 나, 「찌찌 드래곤」은 「마룡장」 때문에 위기에 처해 있었다. 우선 새로운 적의 실력을 초반에 돋보이게 하는 건 정석이니까 말이야.

"질 수는 없어! 몇 번이든 다시 일어나서 싸워 주마!"

나는 다시 몸을 일으키며 보버에게 달려들었지만—— 보버는 거대한 몸을 움직여 나를 향해 진짜로 맞히려는 것처럼 펀치와 킥을 날렸다. 나 또한 바람을 가르며 날아오는 보버의 공격을 맞는 척하면서 일부러 몸을 젖힌 후, 그대로 쓰러졌다.

"후하하하하! 이것밖에 안 되는 것이냐, 찌찌 드래곤이여! 다크니스나이트 팽을 쓰러뜨렸다고 해서 기대했다만…… 정말 실망스럽구나! 정말 약해빠졌구나, 찌찌 드래곤이여! 후하하하하하!"

　보버는 악당 연기를 완벽하게 소화하고 있었다. 밉살스러운 웃음소리 또한 완벽했다.

　……보버 녀석, 의외로 연기파인가? 나는 신하가 지닌 뜻밖의 재능을 본 듯한 기분이 들었다.

　"우에에에에엥! 찌찌 드래곤이 당해버렸어!"

　"저 드래곤, 무서워어어어!"

　아이들도 쇼에 몰입해 준 것 같지만, 보버의 악역 연기는 상상 이상으로 아이들에게 겁을 준 것 같았다. 뭐, 그래도 인상적인 편이 낫겠지?

　"멈춰랏!"

　공연장에 울려 퍼지는 미남 보이스와 함께 등장한 이는——쇼용 의상을 입은「다크니스나이트 팽」, 키바였다.

　"꺄아아아아아아아아아아아아앗! 키바 꾸우우우우우우운!!!"

　"팽 니이이이이이이이이이이이이이이이이이이님!"

　키바가 등장하자, 공연장에 있던 어머님들이 새된 환호성을 질렀다. 아까만 해도 조용하더니, 키바가 등장한 순간 저런 반응을 보였다!

　팽은 지난 시리즈까지 악의 간부였지만 이번에는 주인공 편으로 등장한다. 그 팽을 맡은 키바가「마룡장 버보」에게 마검을 겨누면서 외쳤다.

　"버보! 그는, 찌찌 드래곤은 내 사냥감! 네놈 따위에게 넘겨줄 수는 없다!"

팽이 그렇게 외치자, 버보는 분노에 찬 고함을 질렀다.

"이 배신자! 찌찌 드래곤의 편에 서겠다는 것이냐! 네놈도 물어뜯어서 죽여 주마!"

그렇다. 새 시리즈에서는 이전 시리즈까지 적의 간부였던 「다크니스나이트 팽」이 아군으로 등장한다. 그 덕분에 새 시리즈는 어머님들에게도 인기가 좋았다.

팽은 시니컬한 미소를 지으며 말했다.

"착각하지 마라. 찌찌 드래곤을 쓰러뜨릴 사람은 바로 나다! 그 누구에게도 넘겨줄 순 없어!"

"""꺄아아아아아아아아아아아아아아아아아앗! 팽 니이이이이이이이이이님!"""

어머님들이 키바의 선언을 듣고 또 환호성을 질렀다.

팽은 마검을 들고 버보에게 맞섰지만—— 거대한 드래곤은 그런 팽을 한 방에 날려버리는 듯 호쾌하게 연기했다. 팽은 검을 놓치더니, 펀치(헛손질)를 맞고 뒤로 날아갔다.

무대 위에서는 찌찌 드래곤과 팽, 2대 인기 캐릭터가 위기에 처해 있었다. 아이들은 마음을 졸이면서 보고 있었으며, 그중에는 울음을 터뜨린 애도 있었다.

"후하하하하하하하! 찌찌 드래곤, 팽! 둘 다 별것 아니구나! 이 마룡장 버보 님의 적은 못 된다! 후하하하하하하!"

버보의 조소가 공연장에 울려 퍼지고 나와 키바가 분통을 터트린 순간, 그 목소리가 울려 퍼졌다.

"멈춰라!"

무대 위에서 화약이 터진 후, 무대 바닥의 장치가 작동하면서 금색 갑옷을 걸친 캐릭터가 등장했다.

"마룡장 버보! 너의 행패를 이 『레오니스 렉스』가 좌시하지 않겠다!"

버보를 향해 그렇게 말한 이는 사자왕의 갑옷을 걸친 사이라오그 씨였다! 이번 히어로쇼의 주목 포인트는 사이라오그 씨가 분장한 정의의 히어로 『레오니스 렉스』의 참전이다!

사실 바알 령(領)에서는 이미 사이라오그 씨를 모델로 해서 만든 『레오니스 렉스』가 『찌찌 드래곤』처럼 히어로로서 활약하는 방송이 나오며, 상당한 호평을 받고 있다.

그리고 그레모리 령과 바알 령이 히어로 산업을 통해 업무 제휴를 하게 되면서, 이번에 『젖룡제 찌찌 드래곤』에 『레오니스 렉스』가 합류하게 됐다.

그리고 이 합류의 효과가 바로———.

"라이온 씨~!"

"레오니스 닉스으으으으!"

"우와아! 찌찌 드래곤과 레오니스가 같이 나왔어!"

공연장의 분위기는 방금과는 비교도 되지 않을 만큼 뜨거워졌다. 아까, 나와 팽이 위기에 처한 모습을 보고 울먹이던 아이들마저 있던 객석이 그야말로 흥분의 도가니로 변한 것이다.

쓰러진 나와 팽을 본 사이라오그 씨는 힘찬 목소리로 외쳤다.

"일어서라! 찌찌 드래곤, 팽! 일어서서, 앞을 바라보는 거다! 우리가 싸워야 할 상대는…… 적과 우리 자신이다!"

───윽.

……대본에 있는 대사인데도, 사이라오그 씨가 저렇게 말하니 감개무량한 기분이 들면서 온몸에 힘이 들어갔다!

나는 벌떡 일어서며 붉은색 아우라를 끌어올렸다!

"알고 있습니다!"

"후훗, 저도 정신이 나갔던 것 같군요!"

키바도 마검을 주워들면서 몸을 일으켰다.

"후하하하하하! 이제 와서 아군이 한 명 더 늘어났다고, 이 마룡장 버보 님에게 이길 수 있을 것 같으냐!"

보버도 흥이 난 듯한 목소리로 그런 대사를 외쳤다.

나와 레오니스 렉스, 다크니스나이프 팽, 이렇게 셋이 나란히 서자, 공연장 안의 분위기는 더욱 뜨거워졌다. 나는 그런 와중에 두 사람을 향해 힘찬 목소리로 외쳤다.

"좋아! 가자, 레오니스! 팽!!"

""오오!!!""

우리 셋이 버보를 향해 돌진하면서───.

공연은 성황리에 클라이맥스를 향해 치달았다───.

히어로쇼를 마치고 몇 시간 후, 휴식을 취한 우리는 다음 이벤트에 출연하기 위해, 수도 『릴리스』에 있는 다른 행사장으로 이동했다.

사실 오늘은 하루 종일 이벤트가 잡혀 있다. 낮에는 야외 히어로쇼, 밤에는 실내 대형 극장의 홀에서 젊은 『킹』들의 토크쇼가 열릴 예정이다.

주제인 『레이팅 게임 국제대회 아자젤 컵의 앞날』에 대해 다루는 진지한 토크쇼다.

토크쇼의 출연자로는 레이팅 게임 국제대회에 참가 중인 젊은 악마들이자, 명계의 주민들에게도 인기가 있는 리아스와 사이라오그 씨가 뽑혔다. 그리고 영광스럽게도 나 또한 출연하게 된 것이다.

소나 선배와 시그바이라 씨는 스케줄이 맞지 않아서 동반 출연을 하지 못했다.

단상에 선 남성 사회자는 토크를 시작하더니, 관객들에게 이번 토크쇼의 개요를 설명하고 있었다.

"그럼 현재 명계에서 가장 주목받고 있는 『킹』 세 분을 이 자리에 모시겠습니다. 출연자 여러분, 단상에 올라와 주십시오."

나, 리아스, 사이라오그 씨는 박수를 받으면서 대형 극장홀의 단상에 선 후, 사회자의 말에 따라 준비되어 있던 의자에 나란히 앉았다.

행사장을 둘러보니—— 빈자리가 없을 정도로 많은 관객들이 우리를 쳐다보고 있었다. 자리가 부족한지 서서 우리를 보는 악마도 많았다.

사회자가 다시 입을 열었다.

"사이라오그 왕자님, 리아스 공주님, 효도 잇세이 씨께서 이렇게 나와 주셨으니, 바로 토크쇼를 시작할까 합니다. 우선 모든 세력에서 큰 화제가 되고 있는 레이팅 게임 국제대회 『아자젤 컵』의 개요부터——."

대회 내용을 화제로 삼은 사회자가 주목을 받았던 시합 등을 간단히 언급하면서 현 시점까지의 경위를 이야기했다.

사이라오그 씨, 리아스, 내가 참가했던 시합도 언급되는 가운데, 우리에게도 당시 심정 등을 물었다.

사회자의 질문에 사이라오그 씨는…….

"각 세력이 협력해 이렇게 큰 무대를 준비해 준 것을 진심으로 감사하게 생각하고 있다. 이 대회에 참가한 것을 한 사람의 전사로서 영광으로 여기며, 한 사람의 악마로서 한시라도 긴장을 풀 수가 없지."

……하고 진지하게 대답했다. 그리고 다른 질문을 받은 리아스가…….

"누구든 참가할 수 있다는 점에서, 각 진영에서 지금까지 주목을 받지 못했던 자, 묻혀 있던 인재, 숨겨져 있던 재능이 모습을 드러낼 가능성이 커졌다고 생각해. 나도 그런 자들과 만나보고 싶고, 싸워보고 싶어. 대회만이 아니라 앞으로의 명계에 필요한 사람들과 만날 수 있을지도 몰라."

……라는 지론을 말했다.

나도 '상급 악마로 승격해 리아스 공주님의 곁을 떠난 후, 한 사람의 플레이어로서 이 대회에 참가한 이유는 무엇인가?'라는 질문을 받았다.

아아, 그래. 명계의 주민, 그리고 각 미디어는 그런 걸 신기하게 여길지도 몰라.

나는——.

"저는…… 상급 악마가 되는 게 꿈이었고, 그걸 위해 지금까지 열심히 달려왔습니다……. 몇 번이나 죽을 뻔했지만, 지금은 진짜로 상급 악마가 되었고…… 다른 분들에게 인정받아서 정말 기쁘죠. 진심으로요. 사이라오그 씨와 리아스…… 님처럼 멋진 지론이나 사상을 가지고 있지는 않지만, 어디까지나 지금의 제가 이 대회에서 얼마나 할 수 있을지…… 그리고 지금까지 만났던 라이벌들이 참가하는데 저만 참가하지 않을 수는 없다고 생각해서…….."

……하고, 꾸밈없는 솔직한 속내를 털어놓았다.

이 자리에 있는 이들이 내 이야기에 진지하게 귀를 기울이니, 부끄러워 죽겠네!

사회자가 입을 열었다.

"역시 숙명의 라이벌인 백룡황과의 대결 여부가 주목을 받을 것 같습니다만, 효도 씨에게도 백룡황과의 싸움이 중요한가요?"

"예. 언젠가 반드시 결판을 내기로 했으니까요. 이 국제대회는 저희가 결판을 내기에 최고의 무대라고 생각합니다."

내가 솔직한 심정을 털어놓자, 행사장 전체가 '오오!' 하는 목소리로 가득 차며 분위기가 달아올랐다.

아~ 그 녀석은 '루시퍼'의 이름으로 대회에 참가해서 활약하고 있어서, 각 세력——명계의 모든 주민들에게도 루시퍼의 자손이라는 게 알려졌지.

'루시퍼' 의 이름은 절대적이며, 이름만 계승했던 서젝스 님과 다르게 진짜 핏줄이기에 그를 지지하는 목소리도 점점 커지고 있는 것 같았다. 그 녀석은 무시하고 있는 것 같지만 말이다.

그런 식으로 출연자들이 여러 질문을 받으면서, 쇼도 진행됐는데…….

'대회에 참가한 악마 플레이어의 장래' 라는 질문에 사이라오그 씨가 대답하고 있을 때였다.

"──그러니, 나 자신도 프로 플레이어가 다른 진영의 팀에게 지는 게 나쁜 일이 아니라, 오히려 새로운 과제를 찾았다고 여기며, 더욱 강한 팀을 만들 계기로──."

바로 그 순간, 관객석에서 고함 소리가 터져 나왔다.

"……이 사기꾼!"

어떤 남성 관객이 자리에서 일어나더니 분노에 찬 표정으로 우리── 아니, 사이라오그 씨를 향해 소리쳤다.

그 사람만 그러나 했더니──.

"그래! 너, 『킹』의 장기말을 사용했지?!"

"그래서 마력도 없는데 그렇게 강한 거잖아!"

"대왕가의 차기 당주라며?! 당연히 썼을 거야!"

비난의 목소리가 연이어 들려오더니, 자리에서 일어서는 관객들도 늘어났다.

"여러분, 진정해 주십시오. 여기는 국제대회에 관해 이야기하는 자리──."

사회자가 말리려 했지만, 비난의 목소리는 점점 커져 갔다.

어느 관객은 분노에 찬 목소리로 이렇게 외쳤다.

"대왕파의 정치가도 감싸 줬다며?! 이권이 얽혀 있어서 그런 거 아니야?!"

정치에 관해서까지 비판하기 시작했어! 『킹』의 장기말을 이용해 부정을 저지른 탓에, 대왕 바알 가문이 명계의 주민들에게 비난을 당하고 있다는 건 알지만…….

그것보다, 사이라오그 씨가 『킹』의 장기말 덕분에 강해졌다고 생각하는 건가?! 그런 바보 같은 짓을 할 리가 없잖아! 이 사람은 그 누구보다 힘들게 살아왔다고!

"꺼져라!"

누가 그렇게 외치자, 그 뒤를 잇듯——.

"꺼져라! 꺼져라!"

"""꺼져라! 꺼져라! 꺼져라! 꺼져라!"""

사람들이 사이라오그 씨를 향해 '꺼져라' 하고 외쳐대기 시작했다. 모든 관객들이 그러는 것은 아니다. 하지만 무시할 정도의 숫자도 아니었다…….

사이라오그 씨는 묵묵히 그 말을 듣고 있었다. 딱히 화를 내지도 않으며, 그저 아무 말 없이——.

나는 의자에서 벌떡 일어섰다.

그만해! 이 사람은 달라! 이 사람은 『킹』의 장기말 같은 걸——.

내가 사이라오그 씨를 옹호하려 한 순간, 리아스가 손으로 나를 말렸다.

"잇세, 가만히 있어."

"……하지만! 이대로는……!"

리아스는 차분한 목소리로 말을 이었다.

"……네가 나섰다간, 네 권속들까지 괜한 의심을 사. ──사이라오그는 그걸 바라지 않아."

"그래도, 나는……!"

내가 뜻을 굽히지 않자, 리아스는 이렇게 말했다.

"너는 이제 『킹』이잖니. 자신의 권속을 지키는 것도 네 일이야. 그리고 걱정하지 마. 너도, 나도, 사이라오그도, 결과를 통해 저 사람들을 입 다물게 하면 돼. 그리고 결과 없이는 무슨 말을 해도 저 사람들 귀에는 닿지 않아."

…………윽!

나는 리아스의 말을 듣고 이를 갈았다. 사이라오그 씨도 나를 향해 고개를 돌리더니, 진정하라는 듯이 고개를 저었다.

"이 사기꾼! 확 천사한테 타죽어 버려라!"

그들은 경비원에게 끌려 나갈 때까지 사이라오그 씨를 계속 비난해댔다.

나는──주먹이 으스러질 정도로 세게 움켜쥔 채 참고 있었다.

──쓰지 않았어. 이 사람은 『킹』의 장기말 따위를 쓰지 않았다고……!

저 사람의 주먹을 맞아본 나는 누구보다도 잘 이해하고 있다.

저 주먹에 그런 게 있을 리가 없어……!

나와 사이라오그 씨의 싸움은 진짜였어. 진짜였다고……!

그런 와중에 사이라오그 씨는 끌려가는 청중을 향해 이렇게 말했다.

"──시합을 봐다오. 앞으로 내가 치를 싸움을 봐줬으면 한다. 내가 지금 할 수 있는 말은 그것뿐이다."

"…………."

사이라오그 씨가 그렇게 말하자, 끌려가던 이들은 침묵을 지켰다.

……사이라오그 씨를 향한 비난이 마치 나 자신을 향하고 있는 듯한 느낌이 들었던 나는 토크쇼가 진행되는 동안, 그리고 그게 끝난 후에도 계속 분통을 터뜨렸다──.

─○ ● ○─

히어로쇼와 토크쇼가 열린 날, 우리는 그대로 『릴리스』에 있는 고급 호텔에 묵었다. 다음날, 아침 일찍 일어난 나는 호텔을 몰래 빠져나가서 인근 공원으로 향했다.

호텔 방의 창문을 통해 이 공원이 보였던 것이다.

사이라오그 씨가 인적 없는 공원의 한편에서 근력운동을 하고 있었다. 호텔 방의 창문 너머로 운동복 차림의 사이라오그 씨를 본 나는 가만히 있을 수가 없이 이 공원으로 향했다.

사이라오그 씨의 권속도 인근 호텔에 묵고 있다는 이야기는 들었지만, 설마 그런 일이 있었던 다음 날에도 평소처럼 훈련을 하다니…….

사이라오그 씨는 몸을 다 풀었는지, 달릴 준비를 했다. 내가 다가가자, 사이라오그 씨도 나를 향해 고개를 돌렸다.

나는 그런 그를 보면서 이렇게 말했다.

"제가 같이 달려도 될까요?"

사이라오그 씨는 놀란 듯한 표정을 지은 후, 쓴웃음을 지으며 고개를 끄덕였다.

우리는 아무 말 없이 이른 아침의 수도를 뛰었다. 나는 사이라오그 씨와 나란히 뛰었다.

몇 킬로미터 정도 뛴 후, 사이라오그 씨는 계속 달리면서 나에게 말을 걸었다.

"체력 단련…… 이것만은 꾸준히 하는 게 중요하지. 그래서 내가 가장 신뢰하는 훈련이다."

"저도 예전에 명계에 왔을 때, 산을 죽어라 뛰었어요. 덕분에 체력에는 자신이 있죠."

그러고 보니 명계에 올 때마다 말도 안 되는 일에 휘말렸던 것 같다. 처음으로 명계에 왔을 때도 탄닌 아저씨한테 쫓기면서 산을 뛰어다녔다. 하지만 그 덕분에 기초 체력은 꽤나 좋아졌다.

사이라오그 씨는 나와 나란히 뛰면서 이렇게 말했다.

"나를 위해 화내 준 것 같더구나."

──윽.

……어제 일을 말하는 것 같았다. 나는 리아스의 옆에서 사이라오그 씨를 향한 독설을 들으며 온몸을 부르르 떨었다.

"……도움이 되지 못해서 죄송합니다."

나는 사과했다. 나는 분노에 떨기만 할 뿐, 도움이 되지 못했다. 함께 싸운 동료를 감싸 줄 말이 머릿속에 떠오르지 않았던 것이다…….

『킹』이라는 지위가, 나를 옥죄고 있었다──.

하지만 사이라오그 씨는 그런 내 마음을 이해하는 것처럼 쾌활하게 웃었다.

"하하하, 그 마음만으로도 충분해. 『킹』이라면 남들에게 트집을 잡힐 행동을 하면 안 되지. 이건 바알 가문에서 태어난 내 숙명 같은 거다. 솔직히 말하자면 이런 상황에 처했다는 것 자체가 기쁘기도 하지."

사이라오그 씨는 말을 이었다.

"결코 편안한 삶은 아니지만…… 그래도 많은 이들이 나를 바알의 악마라고, 바알의 차기 당주라고 여겨 준다. 괴롭고 힘든 상황이지만── 그래도 보람은 있어. 이 상황을 어떻게든 하고 싶다고 진심으로 생각하고 있지."

──윽.

……그런 말을 듣고도, 자신의 실력을 의심받고도, 이 사람은 『바알』이라는 사실에 긍지를 가지고 있다.

확실히 이 사람의 삶을 돌이켜 본다면, 고난과 역경 끝에 지금의 지위를 손에 넣었다.

어떤 말을 듣더라도, 그는 흔들리지 않을 것이다. 이곳까지 오는 과정에서 수많은 가시덤불을 헤치고 왔으니까 말이다.

사이라오그 씨는 나와 나란히 달리면서 밝게 말했다.

"효도 잇세이. 나는 우둔한 악마다. 전우도, 민중도, 솔직하게 대하는 것밖에 못하지. 몇 번이나 지고, 쓰러지면서도, 이 몸을 계속 단련했다. 다음에는 이기자고, 앞으로 나아가자고 생각하면서 말이다."

사이라오그 씨는 달리기를 멈추더니, 하늘을 향해 주먹을 치켜들었다.

"──이 주먹으로는, 어디든 닿을 수 있을 것 같다. 그렇게 생각할 수 있도록 단련했지."

투박한 주먹──.

상처투성이에 울퉁불퉁한 주먹. 도저히 귀족 출신의, 왕자의 주먹 같아 보이지 않을 만큼 거칠며 철저하게 단련되어 있었다.

사이라오그 씨는 눈을 가늘게 뜨면서 말을 이었다.

"……유감스럽게도, 다들 다른 재능을 가지고 이 세상에 태어난다. 너도 지금까지 싸워오면서 그걸 실감했을 거다."

나는 천재라 불리는 자들과 몇 번이나 마주쳤다. 키바, 발리, 조조…… 내가 만난 남자들은 나보다 훨씬 적은 연습량으로, 나보다 훨씬 빠르게 강해졌다. 그게 너무 분했고, 또한 『벽』이라는 것을 피부로 실감했다.

나도, 사이라오그 씨도, 사지도, 천재에게 지지 않으려고 이렇게 달리고 또 달리면서 몸을 단련하는 것 말고는 그들을 따라잡을 방법이 없다.

하지만 사이라오그 씨는 이렇게 단언했다.

"그러나 그 재능에도 한계가 있으며, 언젠가 천재들도 자신의 한계를 알게 되겠지. ──하지만 효도 잇세이. 부족한 점을 보완하는 것, 단련에 끝이란 없다. 속도가 부족하다면, 속도를 단련하면 된다. 완력이 부족하다면, 완력을 단련하면 되지. 의외성이 필요하다면, 미지의 무언가를 접하면 된다."

사이라오그 씨는 내 팔에 주먹을 대며 말을 이었다.

"——자신의 실력을 끌어올리기 위해 온갖 가능성을 단련한다. 진정한 적이란, 자신의 가능성을 부정하는 자기 자신이다."

——으.

……문득 아자젤 선생님이 뇌리를 스쳤다. 선생님한테서도 자주 「네 가능성을 믿어라」 라는 말을 들었다.

그렇다. 사이라오그 씨의 말이 옳다. 자신에게 무언가가 부족할 때, 나는 온갖 관점에서 강해질 방법을 모색했다. 그 결과가 지금의 나다.

1년 전의 나, 반 년 전의 나, 몇 달 전의 나, 과거의 나에게 말해 주고 싶다.

——지금 네가 하고 있는 고민은 정답이다, 라고 말이다.

나는 사이라오그 씨의 말에 마음이 찡해졌지만, 문득 등 뒤에 존재하는 인기척을 느끼고 고개를 돌렸다.

——그러자, 의외 그 자체라고 해도 과언이 아닌 인물이 서 있었다!

"이런 우연도 다 있군."

교복 위에 한푸(漢服)를 걸친 청년—— 조조를 본 나는 깜짝 놀랐다!

당연했다! 제석천의 자객으로서 현재 국제대회에 참가 중인 이 녀석이 명계의 수도에 있는 이런 공원에 나타났으니까!

"──윽! 조조! 네가 왜 여기 있는 거야?!"

내가 화들짝 놀라면서 묻자, 그 녀석은 태연하게 어깨를 으쓱하며 대답했다.

"뭐, 볼일이 있어서 말이지. 일단 허가도 받았거든."

조조는 간결한 어조로 그렇게 대답했다. ……아니, 아무리 허가를 받았더라도 네가 여기에 있다는 것 자체가 놀랐다고.

그것도 그럴 것이, 이 녀석은 『마수 소동』 당시에 이 수도를 공포의 도가니로 만들었으니까──.

아, 이상한 점은 그것 말고도 더 있다. 이 녀석, 항상 가지고 다니는 성창을 지금은 들고 있지 않았다. 조조의 버릇인 창으로 어깨를 턱턱 두드리는 자세를 취하지 않으니, 위화감이 느껴졌다. 그 정도로 이 녀석은 성창을 항상 가지고 다녔던 것이다.

"……어라, 내 얼굴에 뭐라도 묻었어?"

조조가 의아해 하면서 나에게 물었다.

"아, 네가 창을 안 든 모습을 처음 본 것 같아서 말이야."

"훗. 이른 아침에 성창을 들고 마왕령을 돌아다녔다간, 너희가 나를 죽이려고 들 거잖아?"

조조는 슬며시 웃음을 흘리면서 그렇게 대답했다.

뭐, 진짜로 그렇게 됐다간 엄청 문제가 되긴 하겠지…….

──한편, 내 옆에 있는 인물은 아까부터 조조를 향해 뜨거운 시선을 보내고 있었다.

당연했다. 다음 게임에서 격돌할 팀들의 『킹』이 이런 곳에서 우연히 마주쳤으니까 말이다——.

사이라오그 씨와 조조는 아무 말 없이 몇 초 동안 시선을 교환했다.

조조는 사이라오그 씨의 옆을 지나가면서 딱 한마디만 입에 담았다.

"승부, 기대하고 있겠어."

사이라오그 씨도 호전적인 미소를 지으며 대답했다.

"그래. 시합장에서 만나지."

······힘과 기술의 화신(化身)이라 해도 과언이 아닌 이 두 사람의 인사는 이 정도로 충분할 것이다. 화신이기 때문에 많은 말을 입에 담지는 않는다. 만나서 서로의 얼굴을 보기만 해도 서로를 이해할 수 있을 테니까 말이다.

대회를 지켜보고 있는 선수들도, 팬들도, 이 둘의 싸움을 고대하고 있다.

——물론 나도 마찬가지다!

사이라오그 씨와 함께 멀어져 가는 조조의 뒷모습을 지켜보던 나는······ 문득 의문이 들었기에 팔짱을 끼며 고개를 갸웃거렸다.

사이라오그 씨는 그런 나를 보더니 의아해하면서 물었다.

"왜 그러지?"

"아, 저 녀석과는 항상······ 큰일이 벌어졌을 때만 마주친 것 같아서요."

교토에서 만난 후로, 나와 저 녀석은 심각한 사태 속에서 마주쳤다. 저 녀석이 제석천의 수하가 된 후에도 커다란 전투나 행사 때에만 얼굴을 마주했던 것이다.

그러고 보니 내가 상급 악마로 승격했을 때도 왔었지.

사이라오그 씨는 그런 나에게 말했다.

"훗, 저 남자도 자신의 몸에 깃든 힘 때문에 주목을 받아왔을 테지. 그도 한마디 말로 설명할 수 없는 삶을 살고 있을 거다."

──주목, 이라는 말로 설명할 수 없는 삶…….

……최강의 롱기누스를 지닌 남자의 삶, 이라. 그게 어떤 건지 관심이 가기는 하는데…….

세이크리드 기어 때문에 제대로 된 인생을 살지 못한 자들의 수장인 걸 보면, 저 녀석도…….

"……저 녀석은 왜 이형(異形)의 존재에게 도전한다는 야망을 품게 될 걸까요?"

나와 조조가 처음 만났을 때, 그가 했던 말을 입에 담았다.

인간이기 때문에, 이형의 존재에게 도전하고 싶다──. 괴물을 쓰러뜨리는 건 언제나 인간이었다고 그 녀석은 말했는데…….

"……글쎄. 성서의 신이 만든 『시스템』을 우리 같은 악마가 이해할 수 있을 리가 없지."

사이라오그 씨는 그렇게 말한 후, 다시 러닝을 시작했다.

나도 같이 뛰면서 뒤편── 조조 쪽을 돌아보았다. 그러자 멀어져 가는 조조의 뒷모습이 눈에 들어왔다.

……전의도 느껴지지 않고, 창을 짊어지지도 않은 저 녀석의 뒷모습은 평범한 청년처럼 보였다——.

Power.2 영웅과 소년들

그 소년은 중국 산간에 있는 시골에서 태어났다.

소년이 태어난 집은 조상부터 대대로 농사를 지으며 살았고, 할아버지도, 증조할아버지도 논밭을 일구면서 이 마을에서 생애를 마쳤다.

소년도 철이 들었을 때부터 농사일을 했으며, 부모님에게 농사를 짓는 법을 배우면서 하루하루를 보냈다.

아무것도 없는 평범한 농촌이었다. 집에는 텔레비전도 없고, 전기도 거의 들어오지 않는 시골이었다.

소년이 사는 집은 판잣집이지만, 이 마을에 있는 대부분의 집이 판잣집이었다.

그게 당연한 세계였다.

소년은 같은 또래 친구들과 산을 뛰어다니며 모험 놀이를 하는 걸 좋아했다.

부모님에게서 무시무시한 '요괴' 이야기를 들을 때마다 가슴이 뛰었고, 친구들과 산에 들어가 탐험대와 요괴 역할로 나뉘어서 요괴 퇴치 놀이를 하는 것을 좋아했다.

소년은——기쁠 때, 슬플 때, 혼났을 때, 꼭 가는 장소가 있었다. 자신만의 특등석―― 마을에서 가장 큰 나무 위에 올라가, 이름 모를 높은 산을 올려다보았다.

마을에서 보이는 가장 높은 산――. 소년의 꿈은 바로 저 산에 올라가는 것이었다.

마을에서의 변함없는 생활――. 소년은 이것이 평생 계속될 것이라고 생각했다.

하지만 어느 날, 그 일은 느닷없이 일어났다.

친구들과 평소처럼 모험 놀이를 하기 위해 산에 들어갔을 때였다. 자신만 길을 잃은 채, 산속 깊은 곳에 들어가고 말았다.

그곳에서 만난 것은―― 한 번도 본 적이 없는 이형의 괴물이었다.

소년은 괴물이 산에 사는 생물을 잡아먹는 모습을 우연히 보았고, 운이 없게도 괴물에게 들키고 말았다. 괴물은 오래간만에 인육을 맛보게 되었다면서 혀로 입술을 핥더니, 소년을 덮쳤다.

소년은 필사적으로 도망쳤지만 산속이라 빠르게 뛸 수 없었다. 게다가, 어린아이의 발걸음으로―― 이형의 괴물을 따돌릴 수 있을 리가 없다.

곧 괴물에게 잡힌 소년이 잡아먹히려던 순간이었다. 모든 것에 절망한 그의 뇌리를 주마등처럼 지금까지 살아온 인생이 스치고 지나가더니, 친구들과 했던 요괴 퇴치 놀이가 머릿속에 떠올랐다.

……아아, 나한테 요괴를 쓰러뜨릴 힘이 진짜로 있다면 얼마나 좋을까――.

그렇게 생각한 순간이었다. 몸 안 깊숙한 곳이 격렬하게 맥박
치더니, 가슴이 찬란히 빛나면서 무언가가 튀어나왔다.

──그것은 신성한 기운이 감도는 창이었다.

괴물은 그 창이 뿜는 빛에 몸이 타들어가며 비틀거렸다.

소년은 창을 움켜쥐더니, 마치 창을 다루는 법을 애초부터 알
고 있었던 것처럼 그것을 휘둘렀다.

──몇 분 후, 소년은 피범벅이 되어 괴물이 소멸된 장소를 멍
하니 쳐다보고 있었다.

그로부터 한 시간 후, 마을의 수색대가 소년을 발견했다. 소
년의 부모님을 비롯해, 모든 마을 사람들이 피범벅이 된 소년을
보고 경악했다.

그 후, 다시 평소와 다름없는 생활을 시작했다. 하지만 딱 하
나, 예전과 다른 점이 있었다.

──그는 찬란히 빛나는 창을 몸에서 꺼낼 수 있게 됐다.

자신의 몸에 무슨 일이 일어난 것인지는 알 수 없다. 너무 믿기
지 않는 일이라 부모님과 친구들에게도 밝히지 못했다.

하지만 그 창을 응시하고 있으면, 왠지 마음이 차분해졌다.

아무것도 없는 산속 마을의 평범한 농가에서 살아가고 있는
자신의 눈앞에 나타난, 아름다운 창──.

그 순간, 그는 태어나서 처음으로 남에게 '자랑' 할 수 있는 것
이 생겼다.

반 년 후, 소년은 또 다른 괴물을 만났다.

"오호라~. 이거 꽤나 골치 아픈 이에게 창이 넘어갔구먼."

늙은 원숭이처럼 생긴 괴물이었다. 그 괴물은 자신을 '제천대
성'이라고 말했다.

원숭이 괴물은 소년의 머리를 쓰다듬으면서 말했다.

"……꼬맹아. 그 창은 말이다. 이런 산속에 사는 너를 힘들게
만들 거다. 하지만 꼬맹아. 너는 너다. 창은 네가 아니지. 그러
니 창은 네 일부로 만들어야만 할 거다."

그렇게 말한 원숭이 괴물은 "어디 보자, 천제에게는 뭐라고
보고한다." 하고 중얼거리며 쓴웃음을 지었다.

원숭이 괴물은 모습을 감추기 직전에 소년을 향해 이렇게 말
했다.

"꼬맹이도 아는지 모르겠지만, 네 몸에는 이 나라의 영웅——
『조조』의 피가 흐르고 있단다. 뭐, 어디까지나 그 피가 흐르고 있
는 것뿐이지. 그 피를 깨닫고, 활용해, 각성할 수 있을지는——
꼬맹이에게 달려 있다는 말이다."

——『조조』.

소년에게는 자신의 이름과 닮은 구석이 하나도 없는, 그야말
로 생판 남의 이름이다. 하지만 『영웅』이라는 단어가 그의 마음
에 강렬하게 남아 있었다.

창을 손에 쥔 후로, 그는 그런 불가사의한 체험만 했었다.

그리고, 드디어 괴물만이 아니라 인간들도 그에게 접촉하기
시작했다.

어느 날, 농사일을 마치고 집에 돌아가 보니 처음 보는 복장을
한 사람들이 소년의 집에 와 있었다.

소년의 부모님은 그를 보자마자 미소를 지으며 이렇게 말했다.

"잘됐구나!"

"응, 정말 잘됐어!"

부모님이 그렇게 말하면서 자신을 껴안자, 소년은 영문을 알수가 없었다. 그런 와중에도 소년의 부모님은 말을 이었다.

"너는 도시의 학교에 다니게 됐단다!"

"정말 잘 됐네! 맛있는 걸 잔뜩 먹을 수 있을 거야!"

소년은 느닷없이 그런 말을 듣고 머릿속이 물음표로 가득 찼지만…… 처음 보는 복장을 한 이들이 소년을 향해 거짓 미소를 지으며 이렇게 말했다.

"너는 선택받았다. 우리는 네 아버지와 어머니에게 그 사실을 전하러 왔지."

그들은 설명을 시작했지만, 당시의 소년이 이해하기에는 난해한 말들이 많아서 도저히 상황을 파악할 수 없었다.

──하지만 소년이 이해한 것이 딱 하나 있었다. 그의 시선은 아버지의 손 언저리를 향했다.

아버지는── 두터운 돈다발을 움켜쥐고 있었다.

어린 소년도, 뭐가 어떻게 된 것인지 이해했다.

──자신은 팔린 것이다.

소년은 그날, 약간의 식량만 주머니에 집어넣은 채 그 집을 뛰쳐나왔다.

며칠 동안 가출하면 원래 생활로 되돌아갈 수 있을 거라고 생각했다. ——하지만 그의 그런 생각은 상식에서 벗어난 세계에서 온 방문자에 의해 무너지고 말았다.

 무기를 든 어른들이 그의 목숨을 노렸다. 그렇게 불합리한 생활이 시작된 것이다. 소년은 찬란히 빛나는 창을 휘두르며, 어른들에게서 도망쳤다.

 추적자와 맞닥뜨려도, 창 덕분에 목숨을 부지할 수 있었다.

 산속을 헤매다 짐승과 마주쳤을 때도, 창 덕분에 살아남았다.

 어느 마을에서 인신매매범에게 습격을 당했을 때도, 창 덕분에 격퇴할 수 있었다.

 자신의 인생을 뒤바꿔놓을 듯한 일을 연속으로 체험하면서도, 그는—— 넓은 세계를 드디어 접할 수 있었다.

 눈부신 건물, 산처럼 높은 빌딩, 마을에 축제가 열렸을 때와도 비교도 되지 않을 만큼 많은 이들이 오가고 있는 길…….

 그런 커다란 마을에서도, 자객은 인정사정없이 그와—— 창을 노렸다.

 ——네 창을 내놓아라! 그건 너 따위가 지닐 물건이 아니란 말이다!

 목숨을 위협받는 나날이 계속됐다.

 그리고 교묘한 말로 그를 회유하려는 자들도 있었지만…….

 부모에게 팔리고, 도망을 거듭하는 나날을 보내는 와중에, 소년은 창 이외에는 아무것도 믿지 못하게 됐다.

 그렇게, 마을을 떠나고 몇 년 후——.

소년은 중국을 벗어나, 다른 나라로 향했다.

한 번도 본 적 없는 다른 나라의 문화, 그리고 사람들을 접하는 사이, 그에게는 어떤 신념이 생겨났다.

——나에게는 창이 있다. 이 창만 있다면 어디든 갈 수 있다. 어떤 녀석한테도 이길 수 있다.

도망 생활을 계속하는 가운데, 그의 재능이 눈떴고, 창의 특성도 쓸 수 있게 됐다.

그리고 자신의 이름을 버린 그는 원숭이 괴물이 입에 담았던 영웅의 이름——『조조』라는 이름을 쓰게 됐다. 그리고 자신의 창이 『세이크리드 기어』라는 이능의 힘이며, 그중에서 특별한 『롱기누스』이자, 최강의 성유물——『렐릭』이라는 사실도 알았다.

소년—— 조조는 그 후로도 세계를 돌아다녔고, 청년이 된 후에 자신의 출생지를 딱 한 번 방문했다.

세계를 돌아다니면서, 자신이 살던 마을은 세계에 있어 아주 작은 일부에 불과하다는 사실을 알았고, 무엇보다 '돈'이라는 것의 힘을 이해했다. 궁핍한 마을에서 사는 농가의 부부가 그렇게 큰돈을 손에 넣는다면, 아이를 다른 곳에 맡기자는 생각을 해도 이상하지 않다는 결론에 조조는 도달한 것이다.

이제 와서 부모님에게 뭐라고 따질 생각도 없고, 마을에 남을 생각도 없다. 하지만 부모님의 얼굴을 한 번은 봐두고 싶었다.

하지만 자신이 살던 집은—— 아무도 살지 않는 폐가가 되어 있었다.

부모님은 그곳에 없었다.

그가 은근슬쩍 이 마을 사람에게 자초지종을 물어보니, 그 마을 사람은 탄식을 터뜨리며 이야기를 시작했다.

그의 부모님은 그 후에 찾아온 어느 세력의 에이전트에게 자식에 대한 정보를 제공했다고 한다.

최강의 『롱기누스』, 그리고 그 소유자에 대한 정보는 매우 귀중하다. 그리고 『롱기누스』와 소유자를 자신들의 편으로 끌어들이기 위한 정보가 탐이 나지 않을 리가 없다.

게다가 부모님은 자신의 정보를 팔아서 얻은 보수로 사치에 맛을 들였다. 가난한 생활을 해온 두 사람에게는 이 세상이 뒤바뀐 듯한 일일 것이다.

물론 사치의 맛을 몰랐던 이들이 돈을 쓸 줄 알리도 없었고……. 얼마 지나지 않아, 그들은 돈에 눈이 멀어서 거액의 빚을 졌다.

매일같이 빚쟁이에게 쫓겨 다니게 된 그 두 사람이 선택한 길은——.

이야기를 해 주던 마을 사람은 아무도 살지 않는 폐가—— 조조의 생가 천장을 손가락으로 가리키면서 말을 이었다.

——저기서 둘이 목을 매달았지.

………….

……그것이, 그 두 사람이 내놓은 마지막 대답이었다.

──나에게 이 창이 깃들지 않았다면, 우리 가족의 인생은 평온했을까?

조조는 그런 생각도 해 봤지만, 곧 고개를 저었다.

──나도, 내 부모님도, 약해빠진 인간에 불과해.

창이 있든, 없든, 자기 자신이 약하다는 사실에는 변함이 없다. 영웅의 피가 흐르든, 특별한 창을 가졌든, 자신은 그때 상황을 바꿀 수 없었다.

그때, 도망치지 않고 맞서 싸웠다면, 부모님은 이런 말로를 맞이하지 않았을지도 모른다. 그때, 도망치지 않고 대화를 나눴다면, 함께 살아남을 수 있었을지도 모른다.

그럴지도 모른다…… 모른다…… 모른다…….

모든 가능성이 머릿속을 휘젓고 있지만…… 전부 공허했으며, 폐가가 된 자신의 집이라는 눈앞의 현실만이 보였다.

조조는 아무도 없는 집에서 한 시간 가량 주저앉은 후, 그대로 그 마을을 나섰다. 두 번 다시는 이곳으로 돌아오지 않겠다고 맹세하며──.

나에게는── 나밖에 없다.

내가 가진 것이라고는 이 창뿐이다. 그렇다면…… 이 창으로 갈 수 있는 곳까지 가 보는 수밖에 없다.

그것은 조조가 그때 품었던 모든 원동력── 존재의 근원이었다.

그 후, 그는 자신처럼 세이크리드 기어 때문에 인생이 비틀리고 만 자들과 접촉했다. 그리고 그 과정에서 초월적인 존재인

신과 이형의 존재들에 대해서도 알게 됐다.

——악마, 마왕. 드래곤, 용의 왕, 용의 신.

그들은 인간을 아득히 초월한 힘을 지녔으며, 이 세계의 이면에서 암약하고 있다.

조조는 자연스레 어떤 마음을 품었다.

——그들과 자신. 이 창은 과연 그들에게 닿을 수 있을까.

태어나서 처음으로 목적—— 목표라는 것을 얻은 그의 주위에는 어느새, 세이크리드 기어를 지닌 자들이 모였다.

자신의 인생을 비틀어버린 세이크리드 기어로, 새로운 삶의 의미를 찾아내자——.

그로부터 시작된 것은 싸움의 나날이었다. 조조 일행은 이능력자, 악마, 드래곤들과 맞서 싸우면서 자신들의 힘을 과시했다.

그런 와중에서 그들과 만났다.

효도 잇세이, 발리 루시퍼——.

신이나 전설의 마물을 보고도 전혀 두려워하지 않았던 조조가 진심으로 경외심, 그리고 전율을 느끼게 한 이들이 바로——이천룡이었다.

한 명은 자신보다 더 뛰어난 재능을 뽐냈다.

또 다른 한 명은 성창보다 더 말도 안 되는 기적을 연이어 일으켰다.

그리고, 효도 잇세이와 그 동료들게, 조조는 삶의 의미를, 싸울 이유를, 힘도, 긍지도, 전부 잃었다——.

악마의 세계—— 수도 릴리스의 공공도로를 걸으며 자신의 생애를 돌이켜보던 조조는 독특한 색깔을 띤 명계의 하늘을 올려다보았다.

"······나는 푸른 하늘이 더 좋은데 말이야."

그는 혼잣말을 중얼거리면서 목적지를 향해 걸음을 내디뎠다——.

—○ ● ○—

명계 수도 릴리스의 한 구역에 있는 어느 주택가, 그곳의 한 모퉁이에 조조는 도착했다.

그곳에는—— 악마의 아이들이 다니는 유치원이 있었다.

조조는 수위에게 안내를 받으며 안으로 들어갔다. 그러자 화단에서 작업을 하고 있는 거구의 남성이 눈에 들어왔다.

작업복을 입은—— 헤라클레스였다.

그는 현재 조조의 팀에 속해 있으며 함께 국제대회에 참가 중이지만, 평소에는 이 유치원에서 일하고 있다.

『마수 소동』 때 명계 정부에 잡힌 그는 극심한 고문을 당한 끝에 더는 나쁜 짓을 하지 못하도록 몸에 몇 겹의 주술이 걸렸다.

게다가 정부—— 마왕 서젝스 루시퍼는 그를 감옥이 아니라 이 유치원에 맡겼다.

헤라클레스가 일전의 소동 때, 유치원 버스를 휘말리게 했던 것을 알면서도 말이다.

당연히 처음에는 영민(領民)—— 특히 유치원생들의 부모에게서 비난을 당했지만…… 악마들이 최종적으로 받아들인 것을 보면, 마왕—— 특히 서젝스 루시퍼는 절대적일 정도로 인망이 높았던 것 같았다.

문제가 발생한다면, 즉시 주술을 발동시켜서 헤라클레스의 몸을 불태운다. 하지만 그가 지금까지 살아있다는 것은…….

돌아갈 시간이 된 것인지, 마중을 온 부모와 손을 잡은 아이들이 유치원을 나서고 있었다.

유치원생들은 화단에서 작업을 하고 있는 헤라클레스를 향해 손을 흔들면서 말을 걸었다.

"잘 있어, 아저씨."

"내일 봐, 아저씨."

헤라클레스도 작업을 하면서 퉁명스레 유치원생들을 향해 손을 흔들었다.

"길조심하면서 가. 그리고 나를 아저씨라고 부르지 말라고."

문뜩 그와 눈이 마주쳤다. 이런 모습을 보여주고 싶지는 않았던 건지, 헤라클레스는 멋쩍은 표정을 지었지만…….

그는 작업을 멈추더니, 흙으로 범벅이 된 얼굴로 조조에게 다가갔다.

조조는 그런 헤라클레스를 쳐다보면서 입을 열었다.

"일하는 데 찾아와서 미안해."

"……흥, 꼴사나운 모습을 보였군. 영웅 헤라클레스의 혼을 이어받은 내가 지금은 유치원 직원 겸 수위 나부랭이다."

그렇다. 악마들이 그를 받아들인 이유 중 하나가 바로 여차할 때는 경비원으로 이용할 수 있다는 점이다. 주술에 걸린 그는 여차할 때는 강제로 나설 수밖에 없다. 요즘 들어 흉흉한 사건이 연달아 터지고 있기에, 뛰어난 『힘』을 지닌 범죄자가 자신들을 지키는 『벽』이 된다는 것을 악마들은 받아들였다.

하지만 조조는 악마들의 감성이 좀 비정상적이라는 생각이 들었다. 「찌찌 드래곤」이 이렇게 유행하는 것을 비롯해서 말이다. 종족과 문화가 다르기에 그런 생각이 드는 걸지도 모른다.

헤라클레스는 장갑을 벗으면서 조조에게 물었다.

"여기에 온 이유는 국제대회—— 때문이지? 네가 이런 곳까지 올 이유라면 그것뿐이지."

조조는 그 말을 듣고 어깨를 으쓱했다.

"그것도 있고, 네가 얼마나 일을 잘하고 있는지 봐두고 싶기도 했지."

헤라클레스는 그 말을 듣고 얼이 나간 듯한 표정을 짓더니…… 볼을 긁적이면서 쓴웃음을 지었다.

"……흥, 너도 변했구나."

"그건 너도 마찬가지야. 좀 있다 일전에 지정한 장소에서 미팅을 할 거라는 건 알고 있지? 같이 가자."

조조가 제안하자, 헤라클레스는 "좋아."라고 대답했다. 하지만 곧 화단 쪽을 쳐다보며 말을 이었다.

"저쪽 작업을 끝내고 가도 될까? 결국은 내가 마쳐야만 하는 일이거든."

조조는 "그래."라고 대답한 후, 교복 소매를 걷어 올렸다.

"나도 돕지. 나도 이런 쪽 일을 꽤 해 봤거든."

명계에서 흙을 만지작거리게 될 줄은 생각도 못했지만……

조조는 나쁘지 않다고 생각하며 슬며시 웃었다.

조조가 헤라클레스와 함께 향한 곳은── 천주교, 가톨릭의 총본산인 바티칸이었다.

명계의 마왕령에 들어갔을 때와 마찬가지로 제석천에게서 받은 허가증을 담당자에게 보여준 후, 바티칸 한편에 있는 시설로 향했다.

성유물인 성창을 지닌 자신이 예전에 적대했던 이들의 본거지에 마치 아무 일도 없는 것처럼 발을 들이자, 조조는 자조 섞인 미소를 지었다.

두 사람이 도착한 곳은── 전사 육성 기관에 소속된 젊은 전사들이 생활하는 숙소였다.

그곳이 다음 시합을 위해 팀 미팅을 가질 장소다. 자신의 현재 지위를 이용하면 어떤 일을 할 수 있는지 알아볼 생각으로 시험해 본 건데…… 솔직히 말해 반쯤 장난삼아 이곳을 미팅 장소로 골랐다.

이 숙소의 식당에 들어가 보니, 저녁 식사 시간이라 그런지 사람들로 북적이고 있었다. 건장한 교회 전사들이 식사를 즐기고 있었다.

교회는 내부 개혁으로 인해 전사의 숫자가 감소 추세라 들었지만…… 이 숙소의 식당은 사람들로 북적이고 있었다.

실력이 뛰어난 전사들은 조조와 헤라클레스의 기운을 느끼고 놀랐는지 이쪽을 쳐다보았다. 하지만 두 사람에게 적의가 없다는 것을 눈치채자, 의아해하면서도 다시 식사를 했다.

식당 테이블 사이를 바쁘게 뛰어다니고 있는 여성이 있었다. ——잔이었다.

앞치마를 걸친 잔이 요리가 놓인 접시를 양손으로 들고 돌아다니면서 테이블에 놓았다.

그녀도 조조와 헤라클레스의 기운을 느꼈는지 두 사람에게 말을 걸었다.

"아, 너희구나. 지금 바쁘니까 잠시만 기다려 줄래? 아, 너희도 식사를 하는 건 어때? 싸게 해 줄게."

조조와 헤라클레스는 서로를 쳐다보더니, 아무것도 주문하지 않고 식당의 자리를 차지하고 있는 것은 기묘하게 보일 거라고 생각했는지 파스타 요리를 주문했다.

저녁 식사 시간이 끝나서 대부분의 전사들이 돌아간 후, 잔은 한숨 돌리면서 앞치마를 벗었다. 그리고 조조 일행이 있는 테이블로 걸어와서 털썩 앉았다.

"하아, 안 그래도 여기 요리 당번이라 바쁜데 국제대회의 미팅을 여기서 한다니 너무하잖아. 그리고 바티칸이 특례로 그걸 허락할 거라고는 생각도 못했어."

그녀는 투덜거렸다. 그들은 모든 멤버들이 이곳에 모일 때까지, 한동안 담소를 나누기로 했다.

잔은 헤라클레스와 마찬가지로 『마수 소동』 때 잡혔다. 하지만 헤라클레스와 달리 명계에서 바티칸 본부로 이송되었다. 그리고 바티칸은 잔에게 죄를 물은 후, 최종적으로 그녀에게 이 숙소의 요리 당번을 맡겼다.

바티칸도 명계의 악마들 못지않게 이해하기 어려운 판결을 내렸다.

잔은 교회에 있어서 성인의 혼을 이어받은 자이기 때문에 엄벌을 내리지 못한 거라고 조조는 추측했다.

아무튼, 그녀는 현재 이곳에서 매일같이 교회 전사들에게 요리를 대접하고 있었다.

"네가 바티칸, 그것도 전사 육성 기관의 견습 주방장이 될 줄은 몰랐어."

조조가 빈정거리는 듯한 어조로 그렇게 말하자, 잔은 테이블에 턱을 괴면서 탄식을 터뜨렸다.

"나도 동감이야. 교황 성하가 '성인 잔 다르크의 혼을 이어받은 진정한 가톨릭 교도라면 사람들을 구제해야만 하지 않겠느냐.'라지 뭐야."

조조와 헤라클레스는 그 말을 듣고 쓴웃음을 흘렸다.

잔은 재미있다는 듯이 조조와 헤라클레스를 쳐다보면서 말을 이었다.

"뭐, 내가 보기엔 너희도 꽤나 변했지만 말이야. ……그건 그렇고, 리더는 왜 목줄이 걸린 나와 헤라클레스까지 팀에 끌어들인 건데? 국제대회에서 우승해서 상으로 전 세계를 달라고 할 작정인 거야?"

헤라클레스도 잔의 말에 동의한다는 듯이 조조의 얼굴을 쳐다보았다.

"……단순히 현재의 나 자신을 시험해 보고 싶을 뿐이야."

조조는 덧붙이듯 이렇게 말했다.

"──우리는 자신들이 천재라고 생각했어. 하늘과 땅의 축복을 받아 인간을 초월한 진짜『영웅』이라고 여겼지. 하지만 그 생각은 산산조각 났어. 붉은 용과 하얀 용에게──."

기적을 낳는 도구와 기술을 지녔더라도, 그것보다 더한 기적을 연이어 일으키는 말도 안 되는 자들에게는 통하지 않는다는 사실을 알았다. 아니, 안이하게 다가가선 안 되는 존재가 이 세상에 있다는 것을 알았다.

──장난삼아 이천룡과 싸우는 것은 파멸을 부른다.

그것은 자신들을 비롯해, 지금까지 그들에게 진 강자들의 숫자만 봐도 명확했다.

그리고 그들과 싸우고도 살아남은 자들을 통해, 이천룡에게 도전할 방법도 알았다.

──그들은 정정당당하게 도전하는 이들에게 호감을 가지며, 그들에게 도전한 자들 또한 크게 성장한다.

……강해지고 싶다는 열망, 그리고 그들에게 도전하고 싶다는 전의를 양립시킨다면, 정정당당하게 도전하는 것이 최선이리라.

게다가, 다시는 그런 말도 안 되는 기적에 농락당한 끝에 지는 것은 사양하고 싶다. 그러니, 나는——.

조조의 뒤를 이어 잔이 입을 열었다.

"그들과 정정당당하게 싸워서 쓰러뜨리고 싶은 거야?"

잔에게 생각을 읽혔다는 사실에 약간 놀란 조조가 그녀를 향해 고개를 돌렸다. 그러자 잔은 "너는 예전부터 생각이 얼굴에 다 드러났거든." 하고 말했다.

조조는 개의치 않으면서 말을 이었다.

"솔직하게 말해 지금의 그들에게 지금의 내가 이길 수 있을지는 모르겠어."

"어머, 항상 자신만만하던 영웅파의 우두머리가 이런 겸손한 말도 다 하네."

잔이 그렇게 말했다.

조조는 그 말을 듣더니, 자신의 속내를 솔직하게 털어놓았다.

"——하지만 분한 마음만은 사라지지 않아. 굴욕과 무력감과 공포라는 형태로 내 마음에 새겨진 흉터는 그들을 쓰러뜨릴 때까지 사라지지 않을 거라는 걸 알았어. 그게 다야. 겨우 그런 이유로 나는 싸우려는 거지. ——설욕전을 하려는 거라고. 그들, 그리고 나를 상대로 말이야."

같은 뜻을 마음에 품은 동료들과 영웅이 되려 했다——. 하지만 그것은 영웅놀이에 지나지 않았다는 것을 바스코 스트라다 예하에게 간파 당했다. 그래서 자신의 길을 우직하게 나아가는 적룡제에게 진 것이라는 것도 깨달았다——.

……영웅은 민중들이 정하는 것이라고 예하는 말했다. 자신들은 아직 '영웅'이라고 민중들에게 불리지도 않는다.

영웅이라는 존재의 정의에 대해서는 다시 생각해 볼 필요가 있겠지만…… 조조는 우선 이천룡을 쫓아가 보기로 마음먹었다.

──바로 그때, 두 사람이 식당으로 들어왔다.

"리더, 데려왔어요."

그렇게 말하면서 등장한 이는 세이크리드 기어── 어두운 밤의 방패──『나이트 리플렉션』의 소유자── 콘라였다. 교토에서 진 후에도, 영웅파가 와해된 후에도, 제석천의 첨병이 된 지금도, 그는 조조의 곁을 지켰다.

다른 한 사람은 효도 잇세이 일행에게 괴멸당한 후, 홀로 리아스 그레모리를 환상 세계에 가뒀던 세이크리드 기어── 환영영사(幻影影寫)──『드림 라이크 커스』의 소유자── 마르시리오였다.

이쪽은 효도 잇세이 일행에게 진 후, 명계 정부에게 넘겨져서 헤라클레스와 같은 조치를 당했다. 그리고 헤라클레스와 마찬가지로 조조에게 협력해 주고 있었다.

"아, 고마워. 콘라, 마르시리오."

조조의 시선은 콘라와 마르시리오의 뒤에 있는 청년에게 향했다.

안경을 쓴 눈에 익은 청년이었다.

"진짜로 여기 있을 줄이야. 이런 곳을 집합 장소로 삼을 줄은 몰랐는걸."

로브를 걸친 마법사 청년—— 게오르그였다.

""게오르그?!""

그가 등장하자, 헤라클레스와 잔은 화들짝 놀라면서 벌떡 일어섰다.

당연했다. 게오르그는 적룡제 일행에게 진 후, 제석천에게 롱기누스——절무(絕霧)——「디멘션 로스트」를 몰수당했다. 그리고 조조, 마수창조——「어나이얼레이션 메이커」 레오나르도와 함께 명부에 보내지고 말았던 것이다.

조조는 곧 명부에서 나왔지만, 그는 명부에 남아서 마술 연구에 몰두하고 있었다. 또한 아직 대회에도 참가하지 않았다.

그런 그가 느닷없이 바티칸에 나타났으니, 자초지종을 모르는 헤라클레스와 잔이 놀라는 것도 당연했다.

조조는 태연한 어조로 말했다.

"내가 명부에 있던 그를 불렀어. 하데스가 요즘 자주 자리를 비운다더군. 그럼 차라리 돌아오라고 말했지."

그러자, 게오르그는 순순히 그 말에 응했다고 한다.

게오르그는 유쾌한 표정으로 안경을 고쳐 쓰면서 입을 열었다.

"팀 멤버 중에 마법을 쓸 수 있는 자가 없어서 난처해 보이니까 말이야."

게오르그는 아직 참가하지 않았지만, 그래도 조조 팀은 아직까지 패배를 몰랐다. 신급 존재와 맞붙지 않은 덕분이기도 하지만…… 앞으로는 그런 존재들과 틀림없이 싸우게 될 것이기에 그를 불러들인 것이다.

헤라클레스는—— 누군가를 찾듯 게오르그의 주위를 둘러보았다.

그리고 그는 낮은 목소리로 중얼거렸다.

"……레오나르도는 못 오는구나."

게오르그와 함께 명부로 보내진 소년이 신경 쓰이는 것 같았다.

게오르그가 그 말에 답했다.

"명부에서는 돌아왔어. 그리고리의 연구소에 맡겼지."

그렇다. 제석천은 그가 명부에서 귀환하면 그렇게 하기로 미리 생각해뒀던 것 같았다. 아마 그리고리—— 3대 세력과 뒷거래를 한 것이리라.

조조가 입을 열었다.

"——『마수 소동』. 그 사건이 벌어지고 1년도 채 지나지 않았어. 마수를 낳은 소년이 대회에 참가하는 것을 명계의 여론은 용납하지 않겠지."

제석천이 가장 우려하는 일이 바로 그것이다. 그는 전력 증강을 위해, 롱기누스의 소유자인 조조, 게오르그, 레오나르도, 이세 장의 카드를 탐내고 있다. ——하지만 그들이 저지른 죄는 너무나도 컸다. 특히 심각한 피해를 발생시킨 레오나르도는 아직 본인의 힘을 완전히 제어할 수 없는 점을 고려해, 세이크리드 기어 연구가 가장 활발하게 이뤄지고 있는 그리고리에 맡겼다. 조조는 제석천이 세심하게 주위를 배려한다고 느꼈다.

그렇게, 미팅 시간이 다 되어가자 멤버들이 속속 모여들었다.

그중에는 『카오스 브리게이드』 시절에 탈퇴했지만 이번 대회에 참가하기 위해 복귀한 전직 영웅파 간부도 있었다.

헤라클레스가 방금 도착한—— 갈색 머리카락을 단정한 외모의 남성에게 말을 걸었다.

"오, 페르도 왔구나."

"어이, 페르라고 부르지 마. 위대한 사나이, 페르세우스 님이라고 불러."

가벼운 어조로 그렇게 말한 이는 전직 영웅파 간부—— 페르세우스다.

그는 그리스 신화의 영웅 '페르세우스'의 영혼을 이어받은 남자다. 그는 교토 습격 직전에 조조와 의견 차이를 보여서 영웅파를 탈퇴했지만, 대회 참가 요청에는 응해 줬다.

사실 탈퇴 이후에도 딱 한 번 조조를 찾아온 적이 있었다. 메두사의 눈을 가지고 온 사람이 다름 아닌 페르세우스였다. 자신의 정의를 관철하는 데에 있어서는 간부들 중에서 최고였으며, 또한 가장 의리가 깊은 인물이기도 했다.

그런 페르세우스가 게오르그를 보고 깜짝 놀랐다.

"우와, 게오르그잖아. 그림 리퍼로 취직했다고 들었는데 말이야."

"악덕기업 수준을 넘어서 그야말로 지옥 같은 데서 일하고 싶지는 않더라고."

게오르그의 대답을 듣고 깔깔 웃은 페르세우스가 의자에 앉으면서 잔에게 말했다.

"뭐, 맞는 말이야. 그건 그렇고, 여기가 잔의 직장이구나. 누님, 피자 한 판 구워줘."

"파스타 요리라도 괜찮으면, 딴 애들이 먹다 남은 거라도 먹어."

잔이 질렸다는 투로 말하자, 페르세우스는 개의치 않는다는 듯이 "그렇게 하지." 하고 말하며 조조와 헤라클레스가 먹다 남긴 파스타를 포크로 먹었다.

새롭게 팀에 들어온 게오르그를 비롯해 모든 멤버가 모이자, 식당을 일시적으로 빌려서 미팅을 시작했다.

"좋아. 전부 모인 것 같네. 그럼 사이라오그 바알 팀의 자료를 나눠 주겠어."

조조가 멤버 전원에게 종이 자료를 나눠줬다. 그 자료에는 상대 팀—— 사이라오그 바알과 그 권속에 관한 정보가 실려 있었다.

사이라오그 일행은 사이라오그의 동생—— 막달란 바알과 손을 잡았으며, 사이라오그의 권속을 중심으로 막달란의 권속이 보결 멤버를 맡고 있었다. 그리고 대전 상대에 맞춰 임기응변으로 멤버를 변경하고 있었다.

"——그럼 미팅을 시작해 볼까."

그 점을 고려하며, 조조 일행의 작전회의가 시작됐다——.

각종 룰을 고려하고, 상대 선수들에 관해 알고 있는 데이터 등을 비교하면서 멤버들의 움직임을 설정했다.

기본적으로 레이팅 게임의 룰은 당일에 정해지기 때문에, 상대 팀의 전력을 고려하면서 각 룰에 대한 대처 방법을 모색하고 있는 것이다.

"──이 룰로 정해졌을 경우, 이런 식으로 전개될 것으로 예상돼."

조조가 예상되는 전개와 대책을 멤버들에게 이야기해 주자, 길어지는 이야기 때문에 싫증이 난 듯한 헤라클레스가 솔직하게 물어보았다.

"……거 되게 돌려 말하네. 어이, 조조. 솔직히 말해. ──너는 사이라오그의 공격을 전부 피할 수 있겠어?"

──윽.

……헤라클레스가 이 질문을 한 순간, 모든 멤버들의 시선이 리더인 조조에게 몰렸다.

다음 시합에서 가장 위험시해야 할 것은 상대 팀의 『킹』인 사이라오그 바알의 일격이다.

그는 명계의 젊은 악마들 중에서 최고의 공격력을 자랑하는 악마다. 단순한 공격력만이라면 적룡제에게 버금가며, 접근 상태에서의 타격전이라면 발리 루시퍼조차 능가할 거라 여겨지는 힘의 화신──.

정면 승부를 벌인다면── 영웅의 혼을 이어 받은 이 팀의 멤버들도 당하고 말 것이다. 일격에 치명상을 입을 가능성도 있다.

그래서 헤라클레스는 이 팀에서 가장 강한 자이자── 리더인 조조에게 물은 것이다.

전부, 피할 수 있겠어? ──하고 말이다. 그것은 한 방이라도 맞으면 아무리 조조라도 쓰러질 거라고 이 자리에 모인 멤버 전원이 인식하고 있음을 뜻했다.

──사이라오그 바알의 주먹은 그 정도로 경이롭다.

조조는 한숨을 내쉬면서 말했다.

"글쎄. 그자의 전투 스타일은 효도 잇세이와 거의 동일해. 말도 안 되는 파워로 공격을 펼치지. 한 방이라도 맞으면 치명상을 입을 거야. 그런 상대는 9할 9푼 9리의 승률을 단 한 방으로 뒤집어버려."

상대를 거의 다 제압한 상태에서도, 한 방만 맞으면── 자신은 치명상을 입을 것이다. 온갖 상황을 가정하며 고심해 봤지만, 결국 조조는 그의 일격을 맞으면 안 된다는 결론을 내놓았다.

레이팅 게임 국제대회의 기록 영상에 실린 그의 주먹은 소름이 돋을 정도였다. 최상급 악마도 그 주먹을 맞고 쓰러졌다. 숙련된 마법사의 방어 마법조차 간단히 파괴하며 상대를 해치웠다.

단순명쾌한 싸움이다. 주먹에 맞으면 상대가 쓰러진다──. 그래서 엄청난 강적인 것이다.

헤라클레스가 말했다.

"그 녀석의 주먹을 맞아본 적 있는 내가 조언을 해 주지. ── 이기든 지든, 고통은 평생 갈 거야."

헤라클레스는 사이라오그에게 진 후, 명계 정부에 잡혔다.

그는 자신의 볼을 매만지면서 눈을 가늘게 떴다.

"그 녀석에게 당한 후로…… 그 녀석에게 맞은 고통을 잊은 적이 한 번도 없어."

헤라클레스의 이야기를 듣고 다들 숨을 삼켰지만—— 딱 한 사람만이 웃음을 흘렸다.

"후후후."

바로 페르세우스였다.

"뭐가 그렇게 웃긴데?"

헤라클레스가 볼을 부풀리면서 말하자, 페르세우스는 껄껄 웃으면서 말을 이었다.

"그 이야기, 벌써 열 번은 들었다고."

"시끄러워, 페르세우스!"

페르세우스는 성을 낸 헤라클레스를 상대하면서 말했다.

"뭐, 게오르그가 돌아왔으니, 우리 팀도 제 실력을 발휘할 수 있겠지."

마법사——「디멘션 로스트」를 지닌 게오르그의 귀환은 환영해 마지않을 일이다.

바로 그때, 잔이 천장을 올려다보며 불쑥 이런 말을 했다.

"지크, 그 바보도 있으면 좋을 텐데 말이야. 모처럼 그 녀석의 옛 둥지에 모였잖아."

영웅파의 서브 리더—— 지크프리트의 이름이 언급되자, 분위기가 가라앉았다.

영웅파에서 가장 냉정했고, 가장…… 광기에 찬 전사였다. 그래서 목숨을 잃고 말았다.

조조는 고개를 저었다.

"……그가 있었다면 이곳을 집합 장소로 고르지 않았을 거야. 거기가——그의 무덤이었던 거지. 이제 그만 쉬게 해 주자."

그람에게 선택을 받았으면서도, 몸에 깃든 드래곤의 세이크리드 기어 때문에 마제검(魔帝劍)의 모든 것을 이끌어내지 못했던 검사—— 지크.

그람을 비롯해, 그가 지녔던 마검들은 교회의 다른 시설에서 육성된 검사에게 건네졌다.

마제검이 왜 지크프리트를 선택했고, 왜 키바 유우토를 다시 선택한 것일까——.

분명 명확한 답은 존재하지 않겠지만, 조조는 왠지 짐작 가는 구석이 있었다.

……지크는 이 바티칸에서 해방된 시점에서, 자신의 삶에 만족하고 말았던 것이다. 이 땅의 주박에서 풀려나면서, 그의 목적은 대부분 완수되고 만 것이리라.

——그리고 자신의 성장을 막은 주인에게, 마제검은 이의를 제기했다.

……아니, 그것도 정확하지는 않을 것이다. 역시 그 답은 마제검만이 알고 있으리라.

말로 형용하기 힘든 분위기가 되었을 때였다.

누군가가 식당의 문에 노크를 했다. 멤버 중 한 명이 문을 열자 —— 젊은 교회 전사들이 모습을 드러냈다.

그들은 이 자리에 있는 잔을 보더니, 머뭇거리면서 안으로 들어왔다.

"잔 씨, 시합을 앞두고 있다고 들었—— 어, 조조 선수?! 어, 어이, 성창의 소유자가 있어!"

시합과 예전 사건을 통해 조조의 얼굴을 알고 있는 듯한 전사들은 깜짝 놀라면서 그를 향해 고개를 숙였다.

『아아, 주여! 성창이여!』

『아멘!』

그리고 다들 조조를 쳐다보며 기도를 올렸다. 그러자 조조도 당혹스러워했다.

이곳은 교회의 본거지다. 성인과 인연이 있는 창을 지닌 자가 오면, 신앙이 돈독한 신도들이 이런 행동을 취하는 게 당연했다. 게다가 조조는 (수미산 세력으로서) 국제대회에 출전했기 때문에 시합을 관전하는 이들 사이에서 유명했다.

헤라클레스는 유쾌하다는 듯이 웃음을 흘렸다.

"크크큭, 드디어 성창님께서 본래 역할을 수행하셨는걸?"

"헛소리 하지 마."

조조가 약간 멋쩍어하면서 그렇게 말하는 사이, 젊은 전사들이 잔에게 말을 걸었다.

"——힘내세요."

"공공연하게 응원하지는 못하지만 그래도 응원할게요."

그렇다. 그들은 잔을 응원하고 있었다.

잔도 이런 상황을 전혀 예상하지 못했는지 눈을 휘둥그렇게 떴다.

전사들이 말을 이었다.

"잔 씨의 파스타 요리, 맛이 너무 셀 때도 있지만 이제 중독됐거든."

"맞아. 그리고 부서진 피자용 화덕도 잔 씨가 시합을 마치고 돌아올 때까지 고쳐놓을 테니까, 또 살짝 구운 마르게리타를 만들어주세요."

젊은 전사들이 격려를 하자, 잔은 고개를 돌리면서 퉁명한 태도를 취했다.

"……너희는 정말……. 나는 악인이거든? 착한 애들은 천사님들이나 응원해."

그 모습을 본 조조는 이것도 명계와 교회——천사의 심술궂은 벌이라고 생각했다. 이런 상황에 처하게 하면서, 잔의 독기를 완전히 제거하려는 것이다.

헤라클레스도 아마 마찬가지이리라.

……하지만 자신이 마음 한편으로 잘됐다고 생각한다는 사실을 깨달은 조조가 웃음을 흘렸다.

응원하러 온 전사들이 돌아간 후, 게오르그는 안경을 고쳐 쓰면서 감개무량한 목소리로 말했다.

"——국제대회. 이런 형태로 우리의 목적이 이루어질 줄은 몰랐군."

모든 세력에 속한 이들이 출신이나 신분을 따지지 않으며 참가할 수 있는 대회——. 이 대회에 참가한다면, 악마와도, 천사와도, 드래곤과도, 신과도 싸울 수 있다.

얼마 전에는 상상할 수 없었던, 그야말로 꿈같은 상황이다.

헤라클레스도 쓴웃음을 지으며 입을 열었다.

"헤헷, 어이없는걸. 그렇게 난리법석을 떨었던 우리가 지금은 이렇게 공적인 대회에서 이형의 존재들과 싸울 수 있어. 게다가 전설의 마물이나 마왕 클래스, 그리고 신 클래스의 존재도 한가득 있다고."

자신들은 각 세력과 적대하고 초월적인 존재와 싸웠다.

1년 전에 그들이 저질렀던 짓은 그야말로 정신 나간 행동이었다. 하지만 지금은 이렇게 대대적으로 시합이 열린다.

어이없는 것도 당연하겠지만…… 그렇다고 해서 어마어마한 일을 저질렀던 자신들이 용서받지는 못할 것이다.

조조가 말을 이었다.

"정말 알기 쉽지 않아? 이 대회에서 우승하면—— 우리가 세계 최강인 거잖아."

멤버들은 그 말을 듣고 자신만만한 미소를 지었다.

헤라클레스는 왼손바닥에 오른 주먹을 꽂으면서 말했다.

"좋아. 한번 해 보자고."

잔도 머리카락을 쓸어 넘기면서 말했다.

"맞아. 그래서 조조의 곁에 다시 모인 거야. 뭐, 이번에 안 되더라도 다음번에 다시 도전하면 되잖아? ——우승할 때까지 말이야."

페르세우스는 웃음을 터뜨리면서 말을 이었다.

"그래. 메두사의 눈을 넘겨준 이후로 너희와의 인연을 완전히 끊었던 내가 할 말은 아니지만…… 조조, 지금의 너라면 믿을 수 있어. 내가 지크 몫까지 싸워 주지."

죽은 동료도 있다. ──하지만 과거에 잃었던 동료가 돌아왔다.

"저는 여러분과 함께 싸울 수 있어 영광입니다."

"이렇게 다시 모인 것만으로도 저는 행복해요."

그림자 술사인 콘라와 환상 술사인 마르시리오가 그렇게 말하자, 게오르그도 그 말에 동의했다.

"동감이야. 조조의 곁에서 그때 그 꿈을 다시 좇을 수 있다니, 꿈만 같다고."

──인간의 몸으로 얼마나 강해질 수 있을까?

조조는 멤버 전원의 얼굴을 둘러보았다.

이 자리에 모인 이들은 하나같이 세이크리드 기어 때문에 인생이 비틀린 자들이다.

그 울분을 발산하려는 듯이 영웅 놀이를 한 조조 일행의 모습은 바스코 스트라다의 눈에 꽤나 우습고 유치해 보였을 것이다.

……우리는 약한 인간이다. 몸도, 마음도 약해 빠졌다. 하지만 영웅의 피와 혼을 이어받았으며, 기적 같은 힘도 갖췄다. 그것에 의미는 있을까? 의의는 있을까?

……아직 답을 찾지 못했지만…… 효도 잇세이와 발리 루시퍼처럼, 조조 일행도 이 시대를 똑바로 나아가자고 생각했다.

"그럼, 내일은 반드시 이기자."

조조가 그렇게 말하자, 다들 고개를 끄덕였다──.

그 모습을 본 조조는 문뜩 떠올렸다.

딱 한 번 고향에 돌아간 그날, 부모님의 마지막을 안 직후의 일이다.

조조는 어찌 된 영문인지 어릴 적에 마을에서 가장 큰 나무에 올라가 봤던 그 산에 올라갔다. 왠지 그 산에 올라보고 싶었던 것이다. 그렇게 높아 보이던 산은 들어가 보니 금방 꼭대기까지 올라갈 수 있었다. 솔직히 말해 실망했다.

어린아이의 눈에만 커 보였을 뿐이라고 생각한 조조는 약간 낙담했다.

하지만 산 정상에서 그를 기다리고 있었던 것은—— 장대하게 펼쳐진 푸른 하늘이었다.

끝없이 푸른 하늘을 두 눈으로 본 순간, 이 산의 위에는 이렇게 넓고 끝이 보이지 않는 세계가 존재한다는 것을 다시 인식했다.

그럼 이 하늘의 저편에는 무엇이 있을까——.

"……푸른 하늘 너머의 어디까지 갈 수 있을까. 갈 수 있는 곳까지 가 보도록 할까."

그때 마음속에 품었던 생각은, 방식이 바뀌기는 했지만, 아직도 조조의 마음속에 남아 있었다.

Power.3 힘과 기술의 광연(狂宴)이 시작되다

「자금(紫金)의 사자왕」^{임 페 리 얼 퍼 뮤 어} 팀과 「천제(天帝)의 창」 팀의 시합 당일——.

나, 효도 잇세이는 시합장인 아가레스 령의 공중도시—— 아그리아스에 있었다. 그렇다. 클리포트에게 빼앗겼던 공중도시는 모든 검사를 마친 후, 국제대회용 무대로 부활한 것이다.

오컬트 연구부의 선후배 멤버들은 시트리 권속과 합류한 후, 아그리아스 돔에 있는 전용 VIP관전실에 가서 이 시합을 지켜보기로 했다.

이 도시 자체가 레이팅 게임의 성지인 만큼, 일반 관전석은 손님으로 가득 차서 빈자리를 찾아볼 수 없을 지경이었다.

그 와중에 실황 아나운서—— 우리 때와 마찬가지로 나우드 가미진 씨가 고함을 질렀다.

《자, 기대되는 일전이 시작됩니다! 젊은 악마들의 필두로 꼽히는 『루키즈 포』 중에서도 최강의 평가를 받는 사이라오그 바알 선수, 그리고 롱기누스 중에서도 최강인 황혼의 성창——『트루 롱기누스』를 소유한 조조 선수! 이 두 선수가 이끄는 팀의 대결인 만큼, 관객석의 흥분은 시합 개시 전부터 최고조에

달해 있습니다! 그럼 오늘의 실황 해설 게스트를 소개하겠습니다!》

카메라가 나우드 씨의 옆을 비추자, 그곳에는 소년의 모습을 한 신, 시바가 있었다!

《여러분, 안녕. 이 대회의 주최자인 시바야. 잘 부탁해.》

미소를 지으면서 이렇게 말했지만……! 하필이면 파괴신 겸 대회 주최자님이 실황 해설을 맡은 거냐!

나우드 씨도 긴장한 것 같았다.

《파괴신께서 이렇게 왕림해 주시니, 저도 긴장이 됩니다!》

《하하하! 너무 긴장하지는 마. 만약 악당이 이곳에서 테러를 저지르더라도 내가 어떻게든 할게. 뭐, 상대가 신이라도 딱히 문제될 건 없어.》

정말 무시무시한 소리를 다 하네! 뭐, 시바가 있다면 여기는 세계에서도 손꼽힐 정도로 안전한 곳이겠지만!

나우드 씨는 파괴신 조크를 듣더니 《저, 정말 든든하군요…….》하고 중얼거리면서 당혹스러워했다. ──그리고 마음을 다잡듯 헛기침을 하더니, 다시 마이크를 향해 소리쳤다.

《자, 각 세력의 VIP들도 주목하고 있는 이 시합의 막이 곧 오르겠습니다!》

그건 그렇고, 신기한걸! 우리가 사이라오그 씨와 싸웠던 아그리아스에서, 이번에는 사이라오그 씨와 조조가 싸우잖아!

이미 두 팀의 멤버들은 두 줄로 서서 서로를 노려보고 있었다. 두 팀 다 말로 형용하기 힘든 패기를 온몸으로 뿜고 있었다.

우리가 싸웠을 때처럼 필드는 바위── 부유섬은 아니다. 이번에는 경기용 필드로 변경되어 있었다. 그래도 시합 개시 전에 전용 게임 필드로 전이될 테지만 말이다.

좀처럼 시합이 시작되지 않는 것에는 이유가 있었다.

──조조 팀의 『퀸』이 아직 도착하지 않은 것이다.

……이 자리에 있는 우리와 관객도 그 자를 주목하고 있었다.

내 옆에 앉은 리아스가 입을 열었다.

"……조조 팀의 이번 등록 멤버표가 공개됐을 때는 다들 놀랐을 거야."

그렇다. 리아스의 말이 옳다. ……왜냐면 시합 전에 공개된 조조 팀의 등록 멤버 표에는 무식한 나도 아는 이의 이름이 실려 있었으니까──.

관객들이 술렁거리는 가운데, 그자가 모습을 드러냈다!

조조 팀이 입장한 게이트에서 말발굽 소리를 나더니, 붉은 털을 지닌 거대한 말이 모습을 드러냈다! 그리고 그 말에 탄 자에게 모든 이들의 시선이 집중됐다!

『──늦어서 미안하구나.』

그렇게 말하면서 등장한 이는── 녹색 전포(戰袍. 고대 중국의 무장이 걸친 전투 의상)를 입은 거한이었다!

수염이 아주 긴 그자에게서는 모니터 너머로도 알 수 있을 만큼 압도적인 투기가 뿜어져 나오고 있었다!

그자는 한 손으로 거대한 무기── 청룡언월도를 쥐고 있었다.

그 무장이 덩치가 크고 털이 빨간 말에서 내리자, 조조는 오른 주먹으로 왼손으로 감싸는 포즈── 포권(包拳)을 취하며 그를 맞이했다.

『아뇨, 당신의 명성에 걸맞은 등장이라 생각합니다. ──관성제군(關聖帝君).』

조조가 입에 담은 『관성제군』이라는 그 호칭을 들은 순간, 우리와 관객들은 경악할 수밖에 없었다!

『관성제군』── 생전의 이름은, 관우! 삼국지의 영웅이다!

실황 아나운서인 나우드 씨는 힘찬 목소리로 고함을 질렀다.

《와, 왔습니다아아아아아아아아앗! 조조 팀의 『퀸』, 초초초 거물 신급 존재! 인간계에서 절대적인 인기를 자랑하는 관성제군! 수많은 나라에서 숭배되고 있는 분이죠! 생전에는 삼국지의 영웅인 관우 운장!!! 바로 그 관제(關帝)가 이 국제대회에 참전했습니다!!!》

그렇다! 관우라고, 삼국지에 나온 관우! 무식한 나도 알고 있을 정도로 유명한 자야! 목숨을 잃은 후에는 중국 본토에서 숭배되면서 신이 되었다는 이야기를 들었지만…….

시바가 해설했다.

《관제를 저 팀에 참가시킨 이는 천제── 인드라지. 조조 팀의 멤버들은 하나같이 『카오스 브리게이드』 영웅파 출신의 문제아들이니까 말이야. 아무리 주최자인 내가 참가를 허락하더라도, 민중은 불안을 느낄 거야. 그래서 인드라는 저 녀석들의 목줄을 쥘 자── 감독관을 붙인 거지. 생전뿐만 아니라 사후에도 인간들이 존경하는 관우 운장을 전직 테러리스트의 감독

관으로 삼는다면 민중도 납득할 테니까.》

시바는 의외로 해설을 잘하는걸……. 그것보다 제석천은 그런 의도로 관우 같은 영걸(英傑)을 조조에게 붙여준 걸까…….

"여차하면 관제에게 저들의 목을 치라는 지시를 내렸을 거야."

──키바가 나지막한 목소리로 그렇게 말했다. 뭐, 그 정도 조치를 했으니 대중이 관전하는 대회에 참가시킨 거겠지…….

"참가가 늦어진 것도 이유가 있는 걸까?"

나는 그렇게 말했다. 이제야 참전한 게 좀 묘하다는 생각이 든 것이다.

우리와 함께 시합을 관전하고 있는 소나 선배가 내 의문에 답해 줬다.

"아마 장사의 신이 되었기 때문에 바쁜 거겠죠. 어느 신화체계에서나 상업을 관장하는 신은 1년 365일 바쁘다고 들었어요."

아~ 그렇구나. 하긴, 전 세계 곳곳에 관우를 모시는「관제묘」가 있다는 이야기를 들은 적이 있긴 해…….

관우── 관제가 참전하자, 상대 팀의 수장인 사이라오그 씨가 한 발짝 앞으로 나서면서 관제에게 질문을 던졌다!

『다시 '조씨' 아래에서 칼을 휘두르시는 겁니까?』

관제는 사이라오그 씨의 질문을 듣더니 수염을 쓰다듬으면서 대답했다.

『오래간만에 그 시절을 다시 떠올렸을 뿐이다, 악마의 대왕이여.』

그 모습이…… 역사에 어두운 내 눈에는 두 사나이가 이야기를 나누고 있는 것처럼 보였지만…….

권속들은 낮은 신음을 흘리면서 두 사람을 주시했다.

"유비에게 충의를 다했던 관우 공이, 자손이라고는 해도 조조의 곁에 다시 선다는 건…….."

시트리 권속의 『퀸』인 신라 선배가 턱을 매만지며 그렇게 중얼거렸다.

뒤이어 코네코가 나에게 설명해 주듯 이렇게 말했다.

"……관우 운장은 한때 조조 맹덕의 포로였던 적이 있어요. 조조는 관우가 마음에 들어서 자신의 수하로 삼으려 했지만, 관우는 유비 현덕을 향한 충성을 관철하려 했죠. 그리고 곧 주인의 곁으로 돌아갔다고 들었어요."

조조에 대해 조사하며 봤던 책에 그런 내용이 있었을지도 몰라……. 당시에는 현대의 조조 대책을 세우기 위해 영웅인 조조 맹덕 쪽을 조사했으니까 말이야…….

다음에는 유비 측 역사도 조사해 봐야지……. 계속 이기다 보면, 그들과 싸우게 될 가능성도 있잖아.

리아스는 팔짱을 끼면서 표정을 굳혔다.

"영걸에게는 영걸만이 아는 도리가 있는 걸지도 몰라."

우리가 사이라오그 씨와 관제의 대화에 주목하고 있는 사이, 두 팀의 선수가 전부 모였다는 걸 확인한 나우드 씨가 이번 시합의 시스템에 대해 이야기했다.

《이 시합은 『오디언스 초이스』로 치러지며, 사전에 텔레비전을 통해 지켜봐 주시는 시청자 여러분과 관객 여러분께서 수많

은 게임 형식 중에서 자신이 보고 싶은 룰을 골라 주셨죠!》

그렇다! 사전에 관객과 텔레비전 시청자를 대상으로 이 두 팀의 대전이 어떤 룰에 따라 치러지기를 바라는지 앙케트를 했다! 공개적으로 진행되는 축제성 대회이기 때문에, 이렇게 엔터테인먼트성이 강한 느낌으로도 진행되는 것이다.

인기 팀의 대결에서 쓰이는 시스템이며, 본래의 프로 레이팅 게임에서도 인기 시스템이다.

뭐, 인기 팀들 간의 대결이 그에 걸맞은 룰로 치러지기를 바라는 것은 팬이라면 당연한 심정일 것이다.

물론 나를 비롯한 오컬트 연구부 멤버들도 앙케트에 참여했다. ……자아, 어떻게 되려나.

관객, 선수, 그리고 우리의 시선이 시합장의 대형 모니터로 쏠렸다.

바로 그때, 나우드 씨가 말했다.

《가장 많은 표가 몰린 룰로 시합은 진행될 겁니다. 자아, 이 스타디움에 모인 여러분은 어떤 룰은 고르셨을까요? 정말 기대되는군요!》

모니터에 각종 룰의 이름이 랜덤으로 표시되더니──드디어 룰이 결정된다!

《그럼, 앙케트 결과가 표시됩니다!》

모니터에 표시된 악마 문자는──『라이트닝 패스트』!

그걸 본 나우드 씨는 흥분했고, 관객들도 「오오!」 하고 환성을 질렀다!

《오오, 이럴 수가! 겨, 결정됐습니다아아아아아아아아아아 앗! 관객 여러분이 선택하신 이 시합의 형식은──『라이트닝 패스트』, 순식간에 결판이 나는 단기결전으로 유명한 룰입니 다!!》

──윽!

레이팅 게임의 룰 중에서도 가장 짧은 제한시간과 좁은 게임 필드에서 시합을 하는 룰이다! 그래서 시합이 단기결전으로 펼 쳐지는 것이다.

레이벨이 입을 열었다.

"……시청자와 관객은 잔재주 같은 전술이 아니라, 저 두 팀 의 정면대결이 보고 싶나 보군요."

……알아! 팬들의 심리를 이해해! 나도 정석 룰과 이거 사이 에서 고민하다가 정석 룰을 골랐다. 역시 『킹』으로서는 정석 룰 로 대결을 펼칠 때, 두 팀이 어떤 식으로 움직이는지 보고 싶거 든! 개인적으로는 물론 『라이트닝 패스트』라고!

시합장 안의 분위기가 순식간에 달아올랐다. 그런 와중에 선 수들── 아니, 조조가 한 걸음 앞으로 나서면서 사이라오그 씨에게 말을 걸었다.

『사이라오그 바알, 너한테 제안을 하나 하겠어.』

카메라가 조조를 향했다.

조조는 자신만만한 미소를 지으며 제안했다.

『이 시합이 어떤 식으로 진행되든 간에 나와 네가 취해야만 하 는 행동이 있을 거야. 나는 승리를 위해 진격하며──.』

조조와 사이라오그 씨는 당당히 마주 서고, 서로를 향해 다가 갔다. 그런 와중에 조조가 말했다.

『──전이장소의 필드 중앙에서 기다리지. 너도 거기로 와 라. 내 말이 무슨 뜻인지는 이해했겠지?』

두 팀의 모든 선수들이 조조의 말을 듣고 놀랐다.

그럴 만도 해……. 방금 그 말은 즉……!

사이라오그 씨는 전의로 가득한 미소를 지으면서 물었다.

『「킹」끼리 일대일로 싸우자는 건가?』

『──너도 바라는 바지? 물론 네 롱기누스도 포함해서 하는 이야기야.』

…………으윽! 관전실에서 지켜보고 있던 나── 아니 우리 도 동요했다!

우리가 숨을 삼키는 와중에도 나우드 씨는 흥분한 어조로 고 함을 질렀다.

《그야말로 도발적인 선언입니다! 조조 선수가 사이라오그 바 알 선수에게 일대일로 정정당당하게 결투를 벌이자는 제안을 했습니다!!!》

조조는 도전을 한 후, 덧붙이듯 이렇게 말했다.

『일대일로 대결하자는 내 말을 의심할지도 모르겠군. 뭐, 나 는 극악무도한 죄인이니까 말이야. ……그러고도 남을 짓을 했 지. ──하지만 나는 한 인물에게 맹세컨대, 너와의 일대일 대 결을 진심으로 바라고 있어.』

사이라오그 씨가 또 질문을 던졌다.

『맹세? 누구에게 말이지? 네가 모시는 제석천 말이냐? 아니면 영령이라 일컬어지는 선조?』

조조는 단호한 어조로 그 질문에 답했다. 카메라도 그 장면을 담았다.

『――효도 잇세이에게 맹세한다.』

"""――윽!!"""

조조가 그렇게 말하자, 이 자리에 있는 이들 전원이 경악했다.

……나도 조조의 말을 듣고 벌떡 일어섰어!

……저 자식……!!! 나한테 맹세하는 거냐……! 분노…… 같은 걸 느낄 리가 없잖아! 내 호적수가 나를 맹세의 대상으로 삼으며 정정당당하게 싸울 약속을 하고 있다고! 그저 가슴이 뜨겁게 달아오를 뿐이야!

그 말을 들은 사이라오그 씨의 몸에서 상상을 초월할 정도로 농밀한 투기가 뿜어져 나왔다.

조조는 그것을 보더니, 희희낙락하며 물었다.

『이래도 못 믿겠어?』

두 사람 사이에서―― 모니터 너머로도 느껴질 정도의 전의와 투기가 격돌하면서, 공간이 일그러질 정도의 현상이 발생했다.

사이라오그 씨는 뒤돌아서 원래 위치로 걸어가면서 말했다.

『아니, 그 이름을 언급됐으니 더 말할 필요가 없지. ――필드 중앙에서 네놈을 해치워 주마!!!』

지켜보고 있는 나조차 전의가 불타오르게 하는 대화를 저 두 사람이 나누고 있어……!

사지가 그 모습을 보더니 약간 거친 목소리로 이렇게 말했다.

"사이라오그 나리는 조조 자식을 신용하지 않을 거야. 조조도 사이라오그 나리를 언젠가 쓰러뜨려야만 하는 남자로 인식하고 있겠지. 하지만 하지만 말이야, 효도."

리아스가 사지의 말을 이어받았다.

"저 두 사람에게 있어, 잇세—— 네 이름을 걸고 한 맹세는 그만큼 중요한 거야."

이렇게 힘의 화신인 사이라오그 씨와, 기술의 정수로 여겨지는 조조의 단기결전이 시작됐다——!

Team member.

○「임페리얼 퍼퓨어」팀 · 대회 등록 멤버

킹──사이라오그 바알

퀸──쿠이샤 아바돈

룩──세크토즈 바르바토스(막달란 바알의『퀸』)

룩──리드라 브네

나이트──베르가 푸르카스

나이트──리밴 크로셀

비숍──미스티타 사브나크

비숍──베베스 푸르푸르(막달란 바알의『비숍』)

폰『5』──레굴루스

폰『2』──간드마 바람(원래는『룩』)

보결 · 비숍── 콜리아나 안드레알푸스(조조 팀과의 대결에
서는 대기 멤버)

○「천제의 창」팀 · 대회 등록 멤버

킹——조조
퀸——관제(신급 존재)
룩——헤라클레스
룩——콘라(세이크리드 기어 『나이트 리플렉션』의 소유자)
나이트——잔
나이트——페르세우스
비숍——게오르그
비숍——마르시리오(세이크리드 기어 『드림 라이크 커스』의
소유자)
폰×8——전 영웅파 구성원 여덟 명

※1.「임페리얼 퍼퓨어」팀은 사이라오그 바알 선수의 권속이 중심이며, 그의 동생인 막달란 바알의 권속이 서브 멤버를 맡고 있다. 또한 시합 상황에 맞춰 멤버를 바꾸고 있다.

※2.「임페리얼 퍼퓨어」팀의 『폰』레굴루스 선수는 롱기누스 그 자체라는 이레귤러적인 존재이기 때문에 대회 기준의 장기말 가치 계측이 정확하지 않으며, 어디까지나 지금까지의 경위를 고려해 가치수를 정했다.

※3.「천제의 창」팀은 『킹』인 조조 선수를 비롯해 거의 대부분의 선수가 본명이 아니라 링네임으로 등록했다.

Power MAX VS Technic MAX
사자왕의 강권(剛拳)과 영웅의 성창(聖槍)

「임페리얼 퍼퓨어」 팀과 「천제의 창」 팀의 대결이 시작된다!

필드는 명계 유적 중 하나를 모방해서 만든 곳인 것 같으며, 황야 한가운데에 폐허가 된 유적이 있었다.

넓이는 쿠오우 학원의 부지와 비슷해 보였다. 건물이 없으니 숨을 장소가 없다고 해도 과언이 아니며, 금세 적과 마주쳐서 전투가 시작될 것이다.

지금 생각해 보면 우리가 라이저와 벌였던 레이팅 게임은 거의 『라이트닝 패스트』나 다름없다는 생각이 들었다. 시합을 시작하자마자 전투가 벌어졌고, 금세 결판이 났으니까 말이다.

《이번 『라이트닝 패스트』의 제한시간은 고작 한 시간밖에 되지 않습니다!》

나우드 씨가 말한 것처럼, 레이팅 게임치고는 시합 시간이 매우 짧았다. 시합 시간이 길 경우에는 종일 싸울 때도 있다.

나우드 씨는 설명을 이어나갔다.

《먼저 상대팀의 『킹』을 쓰러뜨리는 쪽이 승리합니다. 그리고 쓰러뜨리지 못했을 경우, 시합 종료 시점까지 격파된 상대 팀 선수의 합계 장기말 가치로 승패가 갈리죠!》

단순한 룰이다. 『킹』이 당하지 않았을 경우, 시합이 끝날 때까지 상대 팀의 선수를 얼마나 쓰러뜨렸느냐에 따라 시합의 승패가 갈리는 것이니까 말이다.

상대 팀의 출전 멤버에 공백이 있을 경우, 격파 점수 계산에 차질을 빚겠지만 그런 점은 룰을 통해 보완하고 있다.

관전실에 설치된 모니터들에 두 팀의 움직임이 표시되고 있었으며, 그들은 전이된 필드를 확인하자마자 바로 행동을 취했다.

두 팀의 『킹』인 사이라오그 씨와 조조도 동료들에게 지시를 내린 후에 약속 장소인 필드 중앙으로 이동하기 시작했다.

곧 실황을 담당한 나우드 씨가 고함을 질렀다.

《오오! 벌써 필드 북쪽에서 전투가 시작된 것 같습니다!》

그곳을 비추는 모니터를 보니—— 페일 호스에 탄 바알 권속의 「나이트」 베르가 푸르카스 씨가 「천제의 창」 팀의 갈색 머리 미남 「나이트」 페르세우스와 격돌했다.

조조 팀의 페르세우스라는 녀석은 영웅파 시절에는 없었던 멤버로, 이번 대회에서 처음으로 모습을 드러냈다. 그는 영웅파의 탈퇴 멤버이며, 이번 대회 때문에 다시 조조와 팀을 짰다고 하는데…….

『나는 사이라오그 바알 권속의 「나이트」 베르가 푸르카스! 자, 정정당당하게 승부하자!』

베르가 씨는 키바와 싸웠을 때처럼 마상창을 들고 정면에서 돌격을 감행했다! 사이라오그 씨의 「나이트」다운 행동이야!

상대인 페르세우스는 원형 방패와 장검을 들고 있어서 그런지 나이트다워 보였다!

『이 몸은 위대한 페르세우스 님이다! 정정당당한 공격을 매우 좋아하지!』

그렇게 말하면서 베르가 씨의 마상창을 방패로 막아낸 후, 장검으로 말 위에 있는 상대를 노렸지만—— 페일 호스가 그렇게는 안 된다는 듯이 거리를 벌렸다.

첫 격돌에서부터 멋진 싸움이 펼쳐지자, 관객들이 흥분을 감추지 못했다.

페르세우스는 베르가 씨의 방금 공격을 통해 상대의 실력을 파악한 건지, 진지한 표정을 지었다.

『괜찮은걸. 대왕 가문의 「나이트」, 제법 괜찮잖아. 바로 이거야. 내가 원하는 건 바로 이런 싸움이었다고!』

페르세우스는—— 왼손으로 쥐고 있던 원형 방패를 버렸다! ——그리고 왼손에서 아우라가 뿜어져 나오며 어떤 형태를 형성하기 시작했다!

예전 시합의 기록 영상에서 본 적 있다! 저건 저 녀석의 세이크리드 기어다!

그것은 바로—— 한가운데 부분에 인간의 얼굴 같은 형태가 새겨져 있는 커다란 방패였다!

그 얼굴은—— 머리카락이 뱀인 여성의 얼굴이다! 나도 알고 있을 정도로 엄청 유명한 여성 마물—— 메두사의 얼굴이다!

페르세우스가 고함을 질렀다!

『눈을 떠라! 내 세이크리드 기어── 뱀의 왕비가 내리는 죽음의 칙령──「이지스 미네랄리제이션」!!』

고함을 지른 순간, 방패에 새겨진 조각── 메두사가 눈을 떴다! 베르가 씨는 번쩍 뜬 눈이 빛나기 직전에 피했기 때문에 무사했지만……. 저 무시무시한 세이크리드 기어에서 뿜어져 나온 빛을 정통으로 쬐었다면 그대로 돌이 되고 말았으리라. 페르세우스보다 힘이 약한 자가 저 빛을 쬐면 그대로 석화된다.

함께 이 싸움을 관전하고 있던 키바가 입을 열었다.

"페르세우스는 원래의 영웅인 『페르세우스』로부터 유래된 세이크리드 기어를 지닌 특이한 자야. 아무튼 저 빛을 정통으로 쬐는 건 위험해."

베르가 씨가 속도에 중점을 둔 권속이라 다행이다. 스피드가 뛰어나지 못한 자였다면 방금 그대로 돌이 됐을 것이다…….

두 사람만이 아니라, 필드 곳곳에서 전투가 벌어지고 있었다.

필드 서쪽에서는 짙은 안개가 일대를 감싸고 있었다. 영웅파의 안개술사── 게오르그가 만든 안개일 것이다. 저 안개는 교란 및 방어 같은 다양한 효과를 지니고 있다.

저 녀석, 명부에서 돌아왔구나. 듣자 하니 저 녀석과 『어나이얼레이션 메이커』 소년은 조조와 마찬가지로 제석천에 의해 명부로 보내졌다던데…….

그 소년은 대기 멤버라서 팀에 없는 걸까? 아니다. 그렇게 어마어마한 사건을 일으킨 자가 이 대회에 참가하는 것은 솔직히 힘들 것이다. 이번에는 대회에 나오지 않을지도 모른다.

──바로 그때, 레굴루스와 함께 중앙으로 향하고 있는 사이라오그 씨가 비친 모니터에 변화가 발생했다.

사이라오그 씨 일행이 필드 중앙에 있는 유적 광장에 거의 당도한 순간…… 거구의 남자가 그들을 막아선 것이다.

그 남자가 등장하자, 사이라오그 씨는 표정이 밝아졌다.

『그래. 나를 가장 먼저 막아서는 상대는── 너였군.』

『헤헷, 오래간만인걸.』

사이라오그 씨를 막아선 이는── 헤라클레스였다!

내가 직접 본 것은 아니지만, 이 두 사람은『마수 소동』때 수도 릴리스에서 싸운 적이 있다고 들었어!

《마, 맙소사아아아아아아! 사이라오그 선수와 가장 먼저 접촉한 자는 바로 헤라클레스 선수입니다아아아아앗!!! 사이라오그 선수와 악연으로 얽힌 헤라클레스 선수가 조조 선수보다 먼저 그를 막아섰군요!!!》

나우드 씨도 고함을 질렀다.

마수 소동 때, 헤라클레스를 제압한 사람이 사이라오그 씨라는 것은 악마들도 많이 알고 있다. 그들의 눈에는 둘의 싸움이 운명적인 대결처럼 보일 것이다.

헤라클레스는 자신의 볼을 긁적였다.

『너한테 맞았던 한 방은 아직도 생생하게 기억해. 단순히 아프기만 한 차원을 넘어선 한 방이었거든.』

헤라클레스는 상의를 벗으면서, 멋진 체구를 훤히 드러냈다.

『그때까지 한 번도 겁먹은 적이 없는 내가, 그때 처음으로 전율이라는 걸 느꼈다고.』

우람한 근육, 불거진 혈관을 드러낸 헤라클레스는 눈을 가늘게 뜨면서 말했다.

『너무 무서우면서…… 동시에 분해서 죽을 것 같았어…….

그런 약해 빠진 감정을 지금까지 질질 끌고 있단 말이지. 헤헤헤, 계집애 같지?』

헤라클레스는 주먹을 내밀면서 전투태세를 취했다.

『──그러니까, 설욕하게 해달라고.』

헤라클레스는 그렇게 말하더니, 거구에 어울리지 않는 속도로 사이라오그 씨에게 달려들었다. 사이라오그 씨는 그 움직임에 순식간에 반응하면서 그대로 헤라클레스에게 맞섰다.

헤라클레스의 펀치가 사이라오그 씨의 안면에 꽂힌 순간──엄청난 폭발이 발생했다! 이것이 헤라클레스의 세이크리드 기어구나!

하지만 사이라오그 씨는 주춤거리지도, 물러서지도 않았다. 그는 폭발과 함께 발생한 연기를 가르면서, 투기가 담긴 펀치를 헤라클레스의 안면에 꽂았다!

두 사람은 느닷없이 서로의 안면에 펀치를 꽂았다! 둘 다 엄청나네!

사이라오그 씨와 헤라클레스는 코피가 터졌지만, 둘 다 그다지 충격을 받지는 않은 것 같았다.

아직 전력을 다한 것 같지는 않지만, 사이라오그 씨의 투기가 실린 펀치를 안면에 맞고도 코피만 흘리고 있는 헤라클레스도 엄청난걸.

"……헤라클레스의 방어력이 예전보다 좋아졌어. 전에는 저 일격을 맞고 엄청난 대미지를 입었거든."

키바가 그렇게 말했다.

당시의 싸움을 직접 봤던 키바는 두 사람의 실력이 달라졌다는 걸 눈치챈 것 같았다. ……헤라클레스도 더욱 실력을 쌓은 것이리라.

헤라클레스는 목을 풀면서 이렇게 말했다.

『참, 이 말은 해야겠지. ……나는 우리 리더의 지시로 너를 막아선 게 아냐. 내 독단이라고.』

『그렇겠지. ──하지만 그 남자라면 네가 이럴 것도 예상했지 않을까?』

사이라오그 씨가 그렇게 말하자, 헤라클레스는 쓴웃음을 지었다.

『……그 녀석, 머리 하나는 비상하게 돌아가거든.』

사이라오그 씨는 헤라클레스의 이런 행동을 거추장스럽게 여기는 것은 고사하고, 오히려 기분 좋게 받아들이고 있었다.

사이라오그 씨는 레굴루스에게 말을 걸었다.

『──가자, 레굴루스. 아무래도 너를 걸치지 않으면 이길 수 없는 상대 같다.』

『예!』

가면을 쓴 소년이 거대한 황금 사자가 되더니, 사이라오그 씨를 향해 뛰어왔다! 두 사람이 부딪친 순간── 신성한 빛이 한

충 더 강해지며 사방으로 뿜어져 나갔다!!

『『밸런스 브레이크!!!!!!』』

그 고함 소리가 들린 직후에 모습을 드러낸 이는 사자 형상의 갑옷을 걸친 사이라오그 씨였다! ——사자왕이라 불리는 대왕가 차기 당주가 그에 걸맞은 모습을 드러낸 것이다.

『라이온 씨이이이이이!』

『파이티이이이이이이이이이잉!』

사이라오그 씨가 사자왕이 되자, 시합장에 있던 아이들이 뜨거운 성원을 보냈다.

온몸에서 절대적인 투기를 뿜고 있던 사이라오그 씨의 모습이 갑자기 사라졌다!

헤라클레스는—— 눈으로 사이라오그 씨를 좇고 있는지, 그가 날린 일격을 겨우겨우 피했다. 하지만 주먹에 실린 압력이 헤라클레스의 몸에 멍을 남겼다.

공격을 정통으로 맞지는 않더라도, 주먹에 실린 압력을 계속 맞다간 체력이 계속 깎여 나갈 것이다. 헤라클레스는 후퇴조차도 할 수 없는 상황에 처했지만—— 그는 환희에 찬 표정을 짓고 있었다.

『드디어 그 갑옷을 걸친 너와 싸우게 됐구나! 지난번에는 네가 갑옷을 걸치기도 전에 꼴사납게 뻗어버렸지!』

헤라클레스가 그렇게 말하자, 사이라오그 씨는 주먹과 발차기를 연이어 날리면서 말했다.

『나도 그 후로 계속 단련했지만, 네놈은 나보다 더 필사적으로 실력을 갈고닦은 것 같군.」

헤라클레스는 거대한 몸을 교묘하게 놀리면서 사이라오그 씨의 주먹을 정통으로 맞는 것을 피했다. 하지만 헤라클레스의 몸에는 투기의 여파로 인한 대미지가 계속 쌓여갔다.

헤라클레스의 공격도 사이라오그 씨에게 명중하면서 폭발이 일어났지만―― 별다른 대미지도 주지 못했으며, 갑옷에는 금조차 가지 않았다.

결국 사이라오그 씨의 주먹이 헤라클레스의 복부에 깊숙하게 박히자, 그 몸이 기역자로 꺾였다. 사이라오그 씨는 얼굴에 고통이 가득한 헤라클레스의 턱에 인정사정없이 무릎 차기를 명중시켰다.

턱에 강렬한 일격을 맞은 헤라클레스가 리타이어의 빛에 휩싸이지는 않았지만 그대로 쓰러지고 말았다――.

《다우우우우우운!!! 헤라클레스 선수, 방금 공격을 견디지 못하고 다운됐습니다!》

실황 아나운서도 흥분된 어조로 그렇게 외쳤다.

시바가 뒤이어서 말했다.

《자, 지금부터가 진짜야. 영웅의 혼을 진정으로 이어받았다면 다시 일어서겠지. 일어서지 못하고 탈락된다면, 그는 가짜인 거지.》

시바가 꽤 냉혹한 발언을 입에 담은 가운데……

헤라클레스는 일어설 기색조차 보이지 않았다……. 하지만 바로 그때, 관객석에서 변화가 발생했다.

『아저씨이이이이이이잇!』

관객석 한편── 유치원생으로 보이는 남자애들 몇 명이 벌떡 일어난 것이다.

『헤라클레스 아저씨, 힘내애애애!』

『일어나!』

그것은── 헤라클레스를 응원하는 아이들의 목소리였다.

……헤라클레스가 명계 수도 릴리스의 유치원에서 수위를 하고 있다는 건 알고 있었지만…… 그곳에 다니는 아이들일까?

필드의 하늘에 표시된 관객석 영상을 통해 아이들의 목소리가 전해진 건지, 헤라클레스가 후들거리면서도 몸을 일으키기 시작했다!

숨을 헉헉 헐떡이면서도 일어선 헤라클레스는 입가에서 흘러내리는 피를 손으로 닦으면서 쓴웃음을 지었다.

『…………아, 아, 아저……씨라고…… 부르지 말랬지……!』

헤라클레스는 투덜거렸다.

그리고 코피를 닦으면서 숨을 고른 그는 자신만만한 미소를 지으면서 말했다.

『내 비장의 카드를 보여주지.』

헤라클레스는 그렇게 말하면서 품속에 넣어둔 무언가를 꺼냈다.

그것은── 몇 장의 트레이딩 카드였다. 모니터에 비친 것은 「찌찌 드래곤」의 한 장면이 실려 있는 카드였다.

헤라클레스는 그것을 사이라오그 씨에게 보이면서 말했다.

『이건 엄청 희귀한 카드이고, 이건 더 희귀한 카드야. 꼬맹이들이 나한테 준 거지……. 뭐, 부적 같은 거래. 그 녀석들 말로는 「찌찌 드래곤」처럼 파워가 몇 배로 증가하는 효험이 있다더군. 하아, 부모한테 졸라서 겨우 손에 넣은 걸 나 같은 놈한테 주면 어떻게 하냐고.』

헤라클레스는 투덜거린 후, 그 카드를 품에 집어넣었다.

그리고 그 거한은 자세를 취하며 아우라를 끌어올렸다……!!!

헤라클레스가 아까까지와는 비교도 안 될 정도의 박력을 온몸에 두르자, 나는 숨을 삼켰다.

『나한테 이 카드를 준 꼬맹이들이 지켜보고 있다고. ──이제부터 내 파워는 「찌찌 드래곤」처럼 몇 배로 증가해야만 해!』

물론 카드에 그런 효력이 있을 리가 없지만……. 나는 헤라클레스의 말에 진심으로 공감했다.

──응원해 주는 아이들이 이런 걸 준다면, 몸속 깊은 곳에서 힘이 샘솟는 게 당연했다.

헤라클레스의 두 손 끝에서 강렬한 파동이 뿜어져 나왔다.

사이라오그 씨는 그 광경을 보면서 웃었다.

『오호라, 그 카드는 네가 최강의 공격을 날릴 수 있게 해 주는 효험을 지닌 거군.』

사이라오그 씨가 헤라클레스의 말을 헛소리 취급하는 것은 고사하고 진지하게 받아들였다. 그러자 헤라클레스는…… 분노를 터뜨렸다.

『……게다가, 나는……!! 열 받는다고……!! 너를 가짜라고,

가짜 전사라고 떠들어대는 녀석들이 있어……!!!』

헤라클레스는 하늘을 올려다보며 울부짖듯 외쳤다.

『그 녀석들이 모두 네 주먹을 맞아 보면 좋을 텐데!!! 바보처럼 우직하게 펀치만 날려대는 얼간이한테 파워업 아이템 같은 걸 쓸 주변머리가 있을 리 없다고!!』

그렇게 외친 헤라클레스는 아까보다 더 빠른 속도로 사이라오그 씨에게 돌진하더니, 온힘이 실린 주먹을 날렸다.

사이라오그 씨는 그 주먹을 튕겨내려 했지만―― 강렬한 폭발음이 울려 퍼졌다! 그리고 사이라오그 씨의 왼손에서 피가 흘러나왔다!

헤라클레스의 폭파가 사이라오그 씨의 갑옷을 관통하면서 그의 몸에 대미지를 준 것이다!

게다가 헤라클레스가 연이어 펀치를 날리자, 사이라오그 씨의 갑옷에 금이 갔다! 아까는 흠집도 나지 않았는데!

헤라클레스는 고함을 질렀다.

『밸런스 브레이커라는 걸 뜯어고쳤지! 미사일만 펑펑 쏴대는 공격은 관뒀다! 단순히 파괴력을 한곳에 집중해서 날리는 식으로 바꿨지!!』

헤라클레스는 사이라오그 씨의 오른쪽 어깨 쪽 갑옷을 펀치와 동시에 날린 폭파로 파괴했다!

『이런 식으로 공격 하나하나를 날카롭게 만들 수 있다고!!!』

헤라클레스 자식, 밸런스 브레이커를 뜯어고쳐서 「위력의 일점 집중」이 가능하게 한 건가!

갑옷 일부가 파괴되고, 맨몸에서 피가 뿜어져 나오는데도, 사이라오그 씨는 개의치 않으면서 헤라클레스에게 펀치와 킥을 날리고, 날리고, 또 날렸다!

결국 서 있을 수도 없을 정도의 대미지와 피로가 축적된 헤라클레스는 숨을 헐떡이기 시작했다.

『……역시 네 펀치는 아프네…….』

헤라클레스는 얼굴이 탱탱 부었는데도 기쁘다는 듯이 웃음을 흘렸다.

사이라오그 씨와 정면 대결을 펼치는 것을 진심으로 즐거워하는 것 같았다.

그리고 헤라클레스가 날린 최후의 일격을 막아낸 사이라오그 씨가 투기가 담긴 주먹을 그의 안면에 깊숙이 꽂았다.

모든 이들이 결정타라는 걸 알 수 있을 정도로 경쾌한 소리가 주위에 울려 퍼졌다——.

사이라오그 씨는 쓰러지는 헤라클레스를 향해 말했다.

『고맙다. 영웅 헤라클레스의 혼을 계승한 자여. 너와 싸운 걸 나는 자랑스럽게 여기겠다.』

쓰러진 헤라클레스 또한 득의양양한 목소리로 말했다.

『……흥, 그런 낯간지러운 소리를 들을 짓은 안 했다고…….』

그렇게 말한 헤라클레스가 리타이어의 빛에 휩싸였다——.

《「천제의 창」 팀의 『룩』 1명, 리타이어——.》

하지만 시합은 그 후에도 계속됐다.

단기결전이라 그런지, 탈락 보고가 연이어 들려왔다.

《「임페리얼 퍼퓨어」팀, 『비숍』 1명, 리타이어.》

《「천제의 창」팀, 『폰』 2명, 리타이어.》

《「임페리얼 퍼퓨어」팀, 『나이트』 1명, 리타이어.》

《「천제의 창」팀, 『폰』 3명, 리타이어.》

넓지 않은 필드의 곳곳에서 격렬한 전투가 벌어지며, 서로의 전력이 줄어들었다.

『큭! 안개를 빨아들이는 건가?! 새로운 술식도 추가했는데!』

게오르그가 안개를 방출해서 결계를 만들려 했지만, 사이라오그 씨의 『퀸』인 쿠이샤 씨가 아바돈 가문의 특성——「구멍^홀」으로 안개를 빨아들였다.

『저도 이 정도는 할 수 있습니다. 바알 가문의 「퀸」이니까요.』

——바로 그때였다!

『재미있구나!』

붉은 색을 띤 거대한 말에 탄 관제가 달려오더니, 청룡언월도를 휘둘러서 쿠이샤 씨를 베어 넘기려 했지만—— 쿠이샤 씨는 자신의 「홀」에 들어가서 그 공격을 피했다. 떨어진 장소에 「홀」과 함께 나타난 쿠이샤 씨는 「홀」을 대량으로 출현시키더니, 게오르그와 관제를 상대로 한 걸음도 물러서지 않으며 맞서 싸웠다. 쿠이샤 씨는 우리와 싸웠을 때보다 더욱 강해졌다.

하지만 게오르그와 관제를 혼자 상대하는 것은 부담이 너무 컸다. 리타이어 없이 짧은 제한시간 동안 버티기만 하려는 생각인 걸지도 모르지만…….

——바로 그때, 「임페리얼 퍼퓨어」의 다른 멤버가 가세하면서 싸움은 더욱 가열됐다.

　그런 와중에, 필드 중앙의 광장에서 두 사람이 대치했다——.

　먼저 이곳에 와있던 조조는 성창으로 어깨를 두드리더니, 당당한 미소를 지으며 갑옷을 입은 사이라오그 씨를 맞이했다.

　『약속대로 중앙에서 만난 것 같군. 만전의 상태인 사자왕과 싸우고 싶었지만…… 헤라클레스가 자기 의지를 관철하게 해주고 싶었거든.』

　조조가 그렇게 말하자, 사이라오그 씨는 고개를 저었다.

　『아니, 괜찮다. 오히려 고마울 지경이야. ——그 남자와 싸운 덕분에, 나는 만전의 상태가 됐지.』

　그 말을 증명하듯, 부상을 입은 사이라오그 씨의 몸에서는 투기가 샘솟고 있었다.

　그 투기를 본 조조는 즐거워하는 듯한 표정을 지었다.

　『……그래. 알아. 효도 잇세이와 너는 닮은꼴이지. ——지금 상태가 베스트 컨디션일 때도 있는 거잖아?』

　조조는 창을 멋들어지게 돌리면서 말을 이었다.

　『너와 직접 싸우지 않고 이길 전술은 수십 개나 생각났어. 승리의 방정식도 수백 개는 찾아냈지. ——하지만 나는 그걸 전부 버렸어. 그 이유가 뭔지 알아?』

　조조는 창끝으로 사이라오그 씨를 겨눴다.

　『아무리 승리할 방법을 찾아내더라도, 사자왕과 일대일로 치고 박는다는 선택지에 비하면 전부 쓰레기 이하의 가치밖에 없었기 때문이야.』

　이야기를 하면서—— 승부는 조용히 시작됐다. 조조는 간격을 좁히더니, 재빠른 찌르기를 몇 십 번이나 날렸다. 사이라오그 씨는 상체만을 움직여서 그 찌르기를 전부 피하며 파고들려 했지만, 조조는 뒤편으로 몸을 날려서 거리를 벌렸다.

　조조가 자신의 공격범위를 이미 파악했다는 걸 눈치챈 사이라오그 씨는 웃음을 터뜨렸다.

　『후후후, 재미있는 생각을 하는 남자군.』

　『효도 잇세이와 치고받은 적이 있는 사나이라면, 그 누구라도 이런 상황을 갈망할 테니까 말이야.』

　『훗, 너나 나나 그 바보 같은 사나이가 날린 말도 안 되는 일격을 맞고 머리가 이상해진 것 같군.』

　조조와 사이라오그 씨는 그런 대화를 나눴다.

　두 사람은, 두 사람만이 이해할 수 있는 대화를 즐겁게 나누면서, 서로에게 공격을 날리고, 서로가 날린 공격을 피했다.

　……내 이름을 언급해 줘서 고맙기는 하지만 나는 가슴을 졸이면서 이 시합을 지켜보고 있다고!

　둘의 공격은 서로에게 있어 치명적이었다. 성창의 성스러운 힘은 사이라오그 씨가 입은 사자왕의 갑옷을 꿰뚫고 악마의 몸을 격렬하게 불태울 것이다.

　그리고 조조 또한 육체는 인간이기 때문에, 사이라오그 씨의 절대적인 일격을 맞는다면 치명상을 입을 게 뻔했다

　——누군가가 공격을 당하는 순간, 그대로 승부가 갈린다고

해도 과언이 아니다.

이 자리에 있는 모든 이들이 그 사실을 알고 있으며, 실황 아나운서인 나우드 씨와 시바도 누가 먼저 공격을 성공시키느냐를 주목하고 있었다.

성스러운 아우라를 끌어올린 조조가 날린 찌르기, 종베기, 횡베기는 그대로 파동을 자아내더니, 사이라오그 씨가 공격을 피할 때마다 유적 곳곳으로 날아가 어마어마한 파괴를 일으켰다.

사이라오그 씨는 성스러운 아우라의 여파조차 피하려는 것처럼 일정한 거리를 유지하며 공격을 피했고, 직격 또한 아직 당하지 않았다.

또한 조조도 사이라오그 씨의 공격 범위—— 주먹의 압력이 닿는 범위를 파악하고 있는지, 일정한 거리를 두며 공격을 피하고 있었다. 조조는 아까 전의 헤라클레스처럼 주먹의 압력도, 투기의 여파조차 피하고 있었다.

조조 녀석, 애꾸눈인데도 거리를 완벽하게 유지하잖아…….

둘은 노 대미지, 노 가드의 응수를 펼치고 있었다…….

리아스는 그 모습을 보며 낮은 목소리로 중얼거렸다.

"……신들린 듯한 공방이네. 서로 영상으로만 상대의 공격을 봤을 텐데, 실전에서 한 방도 맞지 않고 공격을 피하잖아……."

소나 선배도 모니터에서 한순간도 눈을 떼지 않으며 말했다.

"사이라오그는 노력과 셀 수 없이 많은 실전 끝에 얻은 경험으로 상대의 공격에 대응하는 거겠죠. 조조는…… 타고난 센스에 의지하고 있군요. 이렇게 되면 누가 먼저 상대의 공격을 완벽하게 간파하느냐에 따라 승부가 갈리겠지만——."

이 자리에 있는 모든 이들이 지켜보는 가운데, 조조가 춤추듯 회전하며 창을 내지른 순간—— 등 뒤에 고리 모양의 후광이 생겨났다.

……여전히, 물 흐르듯 자연스럽게 밸런스 브레이크를 하는 걸……!!!

조조는 화려한 변신 동작 대신, 공격을 날리며 덤이라는 듯이 밸런스 브레이크를 해냈다. 그 탁월한 움직임은 우리가 혀를 두르게 하기에 충분했다.

밸런스 브레이커가 된 순간, 조조에게서 느껴지는 위압감이 압도적으로 상승하더니, 창의 속도와 성스러운 아우라의 농도 또한 비약적으로 상승했다.

그와 동시에 사이라오그 씨의 예상을 넘어서는 범위까지 성스러운 아우라가 뻗어나갔고, 그 범위에서 벗어나지 못한 사자왕의 갑옷이 심각하게 손상되는 사태가 벌어졌다.

갑옷 아래의 피부에서 연기가 피어올랐다. 사이라오그 씨의 표정에는 변화가 없지만, 견디기 힘들 정도의 극심한 통증이 있을 것이다. 악마에게, 성창의 성스러운 파동은 치명적이다. 그 파동을 쬐기만 해도 체력이 깎이고 만다.

밸런스 브레이크를 한 조조는 아직 일전의 그 구체를 꺼내지 않았지만…….

『이번에는 칠보(七寶)를 꺼내지 않을 거야. 칠보에 할애할 여력을 전부 창의 성스러운 아우라에 쏟아 부을 생각이거든. 너나 효도 잇세이 같은 타입은 특수한 수단으로 상대하는 것보다, 단순히 기술로 몰아붙이는 편이 낫다고 판단했어.』

성창의 아우라가—— 극도로 부풀어 올랐다. 모니터 너머로도 느껴질 만큼, 성스러운 아우라가 샘솟고 있었다. 저 성스러운 아우라는 사이라오그 씨의 갑옷을 통과하며 그의 피부를 불태우고 있을 것이다.

구체를 꺼내지 않고 아우라에 주력하면, 이렇게 무시무시한 파동을 뿜을 수 있는 건가. 저걸 정통으로 맞았다간 악마는 순식간에 리타이어하겠지만, 다른 종족도 멀쩡하지는 못할 것이다.

사이라오그 씨는 크게 숨을 들이마신 후, 외쳤다.

『레굴루스!!! 해방하자!!』

『예!』

그 순간—— 사이라오그 씨의 온몸에서 황금색을 띤 보랏빛 투기가 뿜어져 나왔다!

사이라오그 씨, 그리고 갑옷 가슴 부분에 새겨진 사자가 그 주문을 읊조렸다.

『——이 육체, 이 혼백이 수백, 수천 번 천 길 낭떠러지에 떨어지더라도!』

『나와 나의 주인은 이 육체, 이 혼백이 다할 때까지 수만 번 왕도를 올라갈 것이다!!!』

사자왕의 갑옷이 웅장하고 공격적인 형태로 변화했다!

『울어라, 자랑해라, 묻어라, 그리고 빛나라!』

『——이 몸은 마에서 비롯된 짐승일지라도!!』

『──이 주먹에 깃들어라, 광휘의 왕위(王威)여!!!』

주위 일대가 투기의 여파에 의해 박살이 나더니, 사이라오그 씨가 서 있는 지면도 도려내지면서 커다란 구덩이가 생겨났다!

지면이 찢어졌고, 공기는 떨렸으며, 모니터 영상 또한 크게 흔들리더니, 필드 전체가 뒤흔드는 충격파가 생겨나려 했다!

그리고, 사이라오그 씨와 레굴루스는 마지막 한 구절을 동시에 외쳤다!

<ruby>브레이크다운 더 비스트, 클라임 오버</ruby>
『『패수(覇獸), 해방!!!!!!!!!!!!』』

거대한 투기가 폭발하더니, 범상치 않은 투기를 두른 자금색 갑옷을 걸친 사이라오그 씨가 모습을 드러냈다.

이것이 그 소문자자한 패수(覇獸)──『브레이크다운 더 비스트』!! 이야기로만 들었던 저 형태를 이렇게 직접 보는 것이 영광이라는 생각과 함께 두려움이 밀려왔다!

사이라오그 씨가 한 걸음 내디딜 때마다 지면이 갈라졌고, 모니터에도 때때로 노이즈가 발생했다. 필드에 엄청난 손상을 주고 있는 것이다.

하지만 사이라오그 씨의 입가에서는── 피가 흘러나오고 있었다.

몸에 엄청난 부담을 준다는 건 사실이구나! 싸움을 시작하지 않았는데 벌써 대미지를 입었어!

『간다.』

사이라오그 씨가 소리 없이 그 자리에서 사라졌다. 방금 서 있던 지면이 파일 정도로 엄청난 움직임이었다──.

하지만 조조는 눈과 기척으로 그 움직임에 반응했으며, 등 뒤에서 날아온 사이라오그 씨의 주먹에 순식간에 대응하며 피했다! ——하지만 약간 거리를 잘못 쟀는지 코피가 흘러나왔다! 투기의 여파가 대미지를 준 걸까!

조조가 피한 그 강력한 공격의 여파는 지면을 도려내더니, 한참 떨어진 곳까지 뻗어나갔다. 저런 공격을 맞았다간 나라도 다 운될 거야! 펀치만으로 필드를 완전히 파괴할 정도의 위력이잖아!

그 광경을 본 드래이그가 말했다.

『그래. 주먹 한 방이 파트너가 날리는 진홍의 포격에 버금가거나, 그 이상이군.』

맞아! 그럼 이제 진홍으로는 사이라오그 씨의 『브레이크다운 더 비스트』에 맞서지 못한다는 거구나!

대회에서 싸우게 된다면, 용신화를 할 수밖에 없나…….

사이라오그 씨는 어마어마한 속도로 펀치와 킥을 날렸다. 그때마다 필드 전체가 비명을 지르듯 공간이 일그러지더니, 지면마저 흔들리는 모습이 모니터에 비쳤다.

그 정도로 어마어마한 공격이다. 하지만 그런 공격이——.

《맞지 않습니다! 명중하지를 않아요! 사이라오그 선수의 격렬하기 그지없는 공격은 조조 선수에게 스치지도 않습니다! 조조 선수는 투기의 여파조차 완벽하게 피하고 있군요!!!》

나우드 씨가 말한 것처럼, 사이라오그 씨의 공격은 조조에게 치명상을 입히지 못했다!!!

저 자식……!! 말도 안 돼! 사이라오그 씨는 키바보다도 빠른 속도로 움직이고 있어. 나도 용신화를 하지 않으면 대응하지 못할 저도라고!

그런데 조조는 공격을 단 한 방도 허용하지 않으면서, 사이라오그 씨를 농락하고 있었다!!

레이벨이 말을 이었다.

"……한 방이라도 명중시킨다면 사이라오그 님이 이기실 거예요. 그만큼 강렬한 공격이니까요. 만약 사이라오그 님의 상대가 잇세 님이라면, 서로에게 공격을 명중시키는 난타전이 벌어졌겠죠. 하지만 성창의 소유자는…… 아무렇지도 않은 듯이 피하고 있군요."

지금까지 아무 말 없이 관전하고 있던 우리 팀의 『퀸』, 비나 씨가 중얼거렸다.

"파워, 디펜스, 스피드, 전부 사이라오그 바알이 한 수 위야. 하지만 조조는 눈썰미만으로 상대의 공격을 전부 피하고 있어. ──하늘이 내려준 재능. 그는 센스만으로 사이라오그 바알과 싸우고 있는 거야."

──천재의 재능, 인가.

최강의 롱기누스를 지녔다고는 해도, 조조는 인간이다. 신체 능력이 일반인보다 뛰어나기는 하지만 그래도 육체는 인간에 불과한 것이다.

……그런데 사이라오그 씨의 『브레이크다운 더 비스트』가 통하지 않는 건가……!!!

사이라오그 씨는 펀치를 날릴 때마다 표정이 점점 일그러졌다. 『브레이크다운 더 비스트』 형태는 그 정도로 사이라오그 씨에게 부담을 주고 있는 것이리라.

　그리고, 싸움에 변화가 발생했다.

　조조가 공격을 피하면서 창으로 찌르기와 베기를 날린 것이다. 처음에는 공격을 피하며 한 방만 날렸지만, 곧 두세 방을 연이어 날리게 되었으며, 곧 사이라오그 씨의 펀치에 대한 흉악한 카운터로서 날린 성창이 상대의 왼쪽 어깨를 그대로 꿰뚫었다!!

　『큭!』

　사이라오그 씨도 그 공격을 맞더니 고통에 찬 신음을 흘렸다.

　갑옷은 박살났고, 어깨에서 선혈이 뿜어져 나왔으며, 성스러운 공격에 의해 발생하고 있는 연기 또한 더욱 진해졌다.

　사이라오그 씨의 얼굴에 진땀이 맺히기 시작했다.

　조조는 개의치 않으면서 찌르기를 날렸다! 이번에는 사이라오그 씨가 공격을 피할 차례가 됐다. 조조는 사이라오그 씨의 움직임에 대응하기 시작했으며, 상대가 피할 곳을 예측하면서 창으로 연속 공격을 날렸다.

　사이라오그 씨의 갑옷이 하나씩 떨어져 나가더니, 임페리얼 퍼퓨어의 갑옷이 파괴되어 갔다.

　그와 동시에 사이라오그 씨의 몸에 난 상처도 늘어났으며, 성스러운 아우라에 의한 대미지가 축적된 탓에 사이라오그 씨는 엄청난 양의 피를 토했다.

그것은『브레이크다운 더 비스트』의 영향과 성스러운 대미지의 더블 펀치에 의한 것이리라.

그 모습을 본 사지는…… 얼굴을 한껏 찌푸렸다.

"……이게…… 이게 말이 돼……?! 그렇게 노력하면서 쌓아온 것들이, 공격이 한 방도 맞지 않는데, 상대방의 공격만 일방적으로 맞고 있잖아!"

……나도 같은 심정이야, 사지.

나도 사이라오그 씨가 얼마나 노력했는지 잘 알아. 아니, 사이라오그 씨는 그 이상으로 자기 자신을 연마했을 거야.

그런데도…… 그런데도……!

──천재는 이길 수 없는 걸까.

사이라오그 씨의 갑옷은 계속 떨어져 나갔으며, 아우라로 다시 갑옷을 형성하더라도 금세 부서졌다. 연기가 뿜어져 나오는 온몸 또한 피로 범벅이 됐다. 숨 또한 거칠어졌으며, 호흡을 가다듬을 수가 없었다.

펀치도 아까처럼 날카롭지 않았으며, 조조가 여유롭게 피할 수 있을 지경이었다.

비록 온몸에서 뿜어져 나오는 투기로 조조가 접근하는 것을 막고 있지만, 돌파당하는 것도 시간문제일 것이다.

저 투기가 약해진다면, 조조는 찌르기 한 방으로 이 싸움을 끝낼 수 있을 것이다.

하지만 사이라오그 씨는 무릎을 꿇는 것은 고사하고 더욱 과감하게 맞서면서 공격의 끈을 놓지 않았다.

이대로 가면 사이라오그 씨가 질지도 모른다는 그런 불길한 예상을, 내가 생각하기 시작했을 즈음이었다——.

사이라오그 씨의 공격이—— 명중할 뻔한 상황이 생겼다.

잘못 본 것이라고 생각했지만, 수십 초 후에 또 사이라오그 씨의 공격이 조조에게 닿을 뻔했다.

그 모습을 보고 다들 눈치챘다. 무슨 일이 일어난 것인지 알기 위해 주시해 보니——.

조조의 얼굴에 구슬땀이 맺혀 있었다.

호흡도 거칠어졌으며, 지친 기색이 역력했다!

하지만 사이라오그 씨는 아직도 전력을 다해 뛰고, 거리를 좁히며, 주먹을 날렸다

조조는 그 공격을 피했지만—— 자세가 흐트러질 뻔했고, 그 틈을 노리며 날아온 발차기를 맞을 뻔했다. 조조는 그 공격도 어찌어찌 피했지만…… 숨이 턱까지 차고 말았다.

"조조의 움직임을 따라잡기 시작했어!"

제노비아도 흥분했는지 벌떡 일어서면서 모니터를 손가락으로 가리켰다.

리아스도 모니터에서 눈을 떼지 못하면서 이렇게 말했다.

"스태미나…… 체력으로는 사이라오그가 조조를 능가하는 거구나."

스태미나—— 체력…….

그 순간, 나는 일전의 광경을 떠올렸다.

——체력 단련…… 이것만은 꾸준히 하는 게 중요하지. 그래서 내가 가장 신뢰하는 훈련이다——.

……우직할 정도로 매일같이 뛰고 또 뛰며……. 맹렬하게 비난을 들은 다음 날에도 러닝을 하면서 단련한 체력…….

——몇 번이나 지고, 쓰러지면서도, 이 몸을 계속 단련했다.
——다음에는 이기자고, 앞으로 나아가자고 생각하면서 말이다.
——이 주먹으로는, 어디든 닿을 수 있을 것 같다. 그렇게 생각할 수 있도록 단련했지.

벌떡 일어선 나는 마음속에서 넘쳐나는 감정을 눈물샘을 통해 몸 밖으로 흘려내면서 소리쳤다.
"이겨…… 이겨요, 사이라오그 씨……!"
사지도 벌떡 일어서더니, 눈물을 흘리며 고함을 질렀다.
"이겨요오오오오오오오오오오오오오오오!!! 나리! 이기라고요오오오오!!"
사이라오그 씨의 주먹이 서서히 조조에게 육박했다.
숨이 턱까지 찬 조조는 창으로 견제하려 했지만, 사이라오그 씨는 주먹으로 그 창을 쳐냈다.
하지만 그래도 조조는 천재였다. 몸을 회전시키면서 사이라오그 씨의 옆구리에 창을 찔러 넣었다. 사이라오그 씨는 얼굴을 찡그렸고, 선혈이 흘러나오는 배에서는 연기 또한 성대하게 피어올랐다.

──하지만 바로 그때, 조조의 다리가 휘청거렸다. 상대에게 접근하면서 예상 이상으로 체력을 소모하는 바람에 자세가 흐트러진 것이다. 곧이어 다시 균형을 잡았지만, 사이라오그 씨가 이 기회를 놓칠 리가 없었다. 그는 조조의 안면을 향해 백너클을 날렸다.

조조는 창을 뽑아들면서 그 공격을──아슬아슬하게 피했다.

하지만 아슬아슬하게 피해서는── 안 된다. 그래서는 투기의 여파를 막을 수 없다!!

투기의 여파가 조조에게 명중하자, 그 코에서 피가 뿜어져 나왔다. 그와 동시에 다리가 후들거렸다. 가벼운 뇌진탕 상태인 것 같았다!

사이라오그 씨는 이 순간을 기다려왔다.

딱 한 방이다. 일격을.

이 한 방만 명중시키면──.

사이라오그 씨는 온몸으로 피를 흘리면서 비틀거리고 있는 조조의 복부를 향해 투기를 휘감은 펀치를 날렸다──.

나는 그 일격을 본 순간, 내 눈에서 눈물이 왈칵 쏟아졌다.

조조는 그대로 뒤편으로 튕겨져 날아갔다. 몇 번이나 지면을 구르더니…… 그대로 쓰러지고 말았다.

한순간, 정적이 흘렀다. 방금 그 일격을 본 관객들은 아무 말 없이 자리에서 일어났다.

그리고——.

《다우우우우우우우우우우운!!! 조조 선수, 다우우우우우운!!!》

나우드 씨가 고함을 질렀다!

『우우우우우우우우우우우우우우우우우우우우우우우오!!!』

관객석에서도 오늘 들어 가장 큰 함성이 터져 나왔다!

명중했어——.

명중했어, 명중했어, 명중했다고……!!!

내 근처에 있던 사지는 사나이의 눈물을 흘리고 있었다. 손으로 눈가를 가린 채, 감동의 눈물만을 줄줄 흘리고 있었다.

아무리 대미지를 받아도, 방금 그 펀치가 들어갔으니——.

바로 그때, 비나 씨가 냉정한 목소리로 중얼거렸다.

"——아직, 끝나지 않았어."

다들 그 말을 듣고 모니터를 쳐다보았다.

『……후후후.』

쓰러져 있던 조조에게서 웃음소리가 흘러나왔다.

비틀거리면서 몸을 일으킨 그는 입가의 피를 손으로 닦았다.

온몸이 부들부들 떨리고 있으며, 다리 또한 후들거리는 상태였다. 대미지는 심각한 것 같지만, 그래도 방금 그 한 방을 맞고도 일어날 줄이야!

우리가 의문을 느끼고 있을 때, 비나 씨가 말했다.

"……명중하기 직전, 그는 창을 방패 삼아서 정통으로 맞는 걸 피했어."

——윽! 말도 안 돼……! 내가 교토에서 『웰시 드래고닉 룩』

을 썼을 때와 마찬가지로, 창으로 방금 그 일격을 막다니…….

조조는 입안의 피를 뱉은 후, 이야기를 시작했다.

『……전설의 무기, 롱기누스, 성창, 성유물…… 그 전부가 하찮게 느껴지는 펀치군.』

그는 하늘을 올려다보며 말했다.

『……이 광경을 지켜보는 모든 계급의 악마 여러분, 그리고 고대의 악마여. ……잘 봐라. 당신들이 두려워했던 성스러운 창을 궁지에 몰고 있는 건…… 당신들이 천 년 만 년 동안 부정한, 육체를 연마한 끝에 완성된 체술이다. ……탁상공론만으로는 도달할 수 없는 영역(파워)이 존재한다는 것을 두 눈에 새기고, 내 성창과 대왕가 차기 당주의 싸움을 끝까지 지켜봐라!!』

………………

……나만이 아니라 리아스와 소나 선배도 조조가 느닷없이 한 말을 듣고 놀란 눈치였다.

사이라오그 씨도 의아해하면서 물었다.

『……왜 그런 소리를 하는 거지?』

조조는 사이라오그 씨를 당당히 쳐다보며 대답했다.

『……나를 궁지에 몰아넣은 너나 적룡제가, 악마들의 불필요한 의심이나 괜한 자존심 때문에 얕잡아 보이는 게 기분 나쁘거든. 너도, 적룡제도, 나에게는 과분한 호적수니까 말이야.』

──윽.

……저 자식이 사이라오그 씨가 처한 상황을 아는지 모르겠지만…….

아니다. 알기 때문에 일부러 이 자리에서 저런 말을 하는 것 같았다. 설마 조조가 이런 말을 할 줄이야…….

내가 그런 생각을 하고 있을 때, 실황 중계석 쪽에서 변화가 발생했다.

모니터를 보니 실황 중계석에 카메라가 배치됐으며, 그 카메라 앞에는—— 명계의 텔레비전 방송에서 본 적이 있는 인물이 서 있었다.

사이라오그 씨를 좀 닮은 듯한 청년 악마—— 그의 동생인 막달란 바알 씨였다.

막달란 씨는 실황 중계석의 마이크를 쥐더니, 관객석에 있는 이들을 향해 이야기를 시작했다.

『차기 당주인 사이라오그는…… 체술만으로 싸우고 있습니다. 바알 가문에서 가장 소중한 멸망의 힘을 지니지 못했기 때문이죠. ……형님은 역대 당주에 비해 정치력이 뒤떨어질 겁니다. 영내에서 일어난 문제도 책상 앞에서 처리하는 게 아니라, 직접 현지에 가서 진두지휘를 하시죠. 정말 요령이 없어요.』

형에 대해 이야기하는 막달란 씨의 목소리에 이 시합장에 있는 모든 이들이 귀를 기울였다.

『영지의 특산품도 차기 당주가 직접 인형탈을 뒤집어쓰고 다른 영지에 팔러 가는 등, 귀족답지 않은 행동을 솔선해서 하죠. 게다가 영민들의 부탁이라면 어린아이의 막무가내 부탁도 진지하게 듣고 최대한 들어주려고 하고, 일을 가리지 않아요.』

막달란 씨는—— 모니터에 비친 형을 쳐다보며 눈물을 흘리더니, 호소하듯 말했다.

『그래도 저는 한 치의 의심도 품지 않으며 형님을 따를 겁니다. ——사이라오그 바알이야말로 대왕 가문의 차기 당주이자, 차기 대왕 바알입니다……!!』

막달란 씨가 그렇게 말한 순간, 시합장 어딘가에서 박수 소리가 들려왔다. 그리고 그 박수 소리는 더욱 커지더니, 시합장 전체를 지배하게 됐다.

……비난하는 목소리도 들렸다.

하지만 사이라오그 씨를 인정해 주는 이들도 있었다. 적, 아군 가리지 않고, 다들 사이라오그 씨가 강하다는 것을 인정해 줬으니까 말이다.

바로 그때, 게스트 해설자인 시바가 웃음을 흘렸다.

《멋진 기습 연설인걸. 그래. 악마의 대왕은 멸망이니, 가문 같은 것에 집착했지. 뭐, 악마의 역사나 풍습은 내가 알 바 아니지만, 영웅이란 존재는 간단히 정의할 수 있지. ——민중이 원하고, 민중이 이름을 남기려 하는 자가 바로 영웅이야.》

그리고, 하고 덧붙이듯 말을 이었다.

《게다가 체술 또한 엄연한 파괴의 원천이지. 특히 저렇게 극한까지 단련된 파괴의 주먹은 흔히 볼 수 있는 게 아냐. 파괴를 관장하는 내 말이니 틀림없다고. 이 체술을 보고도 그를 의심한다면, 그건 그저 질투에 불과해.》

마치 명계에서 만연하는 사이라오그 씨에 대한 비판을 일축하는 듯한 코멘트였다.

……파괴신이 보기에는 멸망도, 체술도, 파괴의 힘으로서는 별반 다를 게 없는 것일지도 모른다. 결국 둘 다 『무언가를 부수는 힘』이니까 말이다──.

막달란 씨와 시바가 방금 한 말이 필드에도 전해졌는지는 알 수 없다.

하지만 사이라오그 씨와 조조의 격렬한 싸움은 다시 시작됐으며, 또 주먹과 창의 노가드(No Guard) 전법이 펼쳐졌다!

사이라오그 씨는 주먹을 날리고, 창을 피하면서 말했다.

『……이상한 남자군. ──하지만 싫지는 않은걸!』

조조는 창을 내지르고, 발차기를 피하면서 대답했다.

『너야말로 쓰러뜨릴 가치가 있는 남자거든!!!』

『『이기는 건, 바로 나야!!!』』

이제부터 시작된 것은 의지와 의지의 격돌이다. 서로가 풀 파워를 발휘하고 있는 탓에 움직이기만 해도 체력이 소모되었고, 서로의 공격이 닿지 않는 싸움이 벌어지고 있었다. 하지만 둘은 이런 싸움을 벌이면서도 미소를 짓고 있었다.

맞으면 패배, 맞히면 승리, 같은 싸움은 쉽게 경험할 수 있는 것이 아니다.

지금 이 순간에만 맛볼 수 있는 싸움을, 저 두 사람은 진심으로 즐기고 있는 것이다.

그 와중에 사이라오그 씨가 걸친 갑옷이 완전히 부서지더니──.

《「임페리얼 퍼퓨어」 팀 『폰』 1명, 리타이어!》

드디어 레굴루스가 탈락하고 말았다! 『브레이크다운 더 비스트』에 따른 소모, 그리고 성창이 주는 대미지가 쌓이면서 레굴루스가 먼저 당하고 만 것이다.

변신이 풀린 사이라오그 씨는 맨몸으로 조조에게 접근했다!

조조 또한 밸런스 브레이커를 유지할 체력을 잃었는지 원래 상태에서 싸움을 펼치고 있었다.

숨이 턱까지 찼고, 땀이 쉴 새 없이 흘러나왔으며, 피도 뿜어져 나오는 와중에도, 저 둘은 어이없을 정도로 방어를 도외시한 채 공격을 퍼붓고 있었다——.

그리고, 제한 시간이 됐다——.

《——타임 오버!!! 시합이 종료됐습니다! 승자는——.》

제한 시간이 지났으니, 상대 팀 선수를 격파해서 따낸 점수가 많은 팀이 승리한다! 두 『킹』이 건재한 가운데, 어느 팀이 더 많은 점수를 땄을까——.

심판의 목소리가 울려 퍼졌다.

《——『천제의 창』 조조 팀의 승리입니다!!!》

——윽!

점수를 보니, 「임페리얼 퍼퓨어」 팀이 19, 「천제의 창」 팀이 25였다. 확실히 조조 팀의 점수가 더 많았다.

……사이라오그 씨와 조조 이외의 선수들 사이에서 승패가 갈린 건가……. 관제도 있으니까 말이야. 분하지만 레이팅 게임이란 원래 이런 것이다.

……사이라오그 씨의 팀이 졌구나.

승패가 갈리자, 사이라오그 씨도 피로가 밀려왔는지 어깨를 들썩이며 거친 숨을 내쉬었다.

『⋯⋯내가 졌군.』

　그렇게 말한 사이라오그 씨에게 조조가 다가갔다.

『⋯⋯아니야. 계속 싸웠다면⋯⋯ 이런 소리는 사족이려나?』

『그래. 결과가 전부니까 말이지. 뭐, 괜찮다. ──또 한 무대에서 싸울 일이 있을 거잖아?』

　조조가 비틀거리자, 사이라오그 씨가 그를 부축해 줬다.

　두 사람은 함께 전이 마방진을 향해 걸어갔다.

　조조가 말했다.

『⋯⋯다음에 싸울 때는 어떤 룰일까?』

『훗, 다음에는 복잡한 룰로 싸우는 것도 의외로 재미있을지 모르지.』

『그래. 그건 그렇고, 너나 효도 잇세이와 정면승부를 펼치면 수명이 줄어드는 기분이 든다니깐.』

『어쩔 수 없을 거다. 나나 그 녀석이나 그것밖에 할 줄 아는 재주가 없거든.』

『그 말을 들으니 더 기대되는걸.』

『킹』 사이의 멋진 대결──. 이번 대결을 통해 저 두 사람은 우정을 쌓은 느낌이 들었다.

　나를 비롯해 관전실에 있는 이들도 두 팀에게 기립 박수를 보내는 가운데, 사지가 어느새 내 옆에 섰다.

"멋진 시합을 구경했어. 덕분에 효도와 마음껏 싸울 수 있을 것 같아.”

“……그래. 이 시합처럼 멋진 시합을 펼치자.”

흥분의 도가니가 된 시합장 한편에서, 나와 사지는 그렇게 서로의 의사를 표시했다──.

이 시합이 끝나고 얼마 후, 내가 이끄는 효도 잇세이 팀은──소나 시트리 권속의 팀과 싸운다.

동기이기 때문에, 그 녀석보다 강해지고 싶었다.
동기이기 때문에, 그 녀석보다 강하고 싶었다———.

「일성의 적룡제」 팀
VS
「소나 시트리」 팀 편

──그때보다 강하게
지금보다 멀리──

Line.1 작년과는 여러모로 다릅니다

사이라오그 씨의 팀과 조조 팀의 시합이 끝나고 며칠 후———.

나와 리아스, 아케노 씨, 레이벨, 이렇게 네 명은 우리 집 상층부에 있는 VIP룸에서 손님을 상대하고 있었다.

그 손님은 가지고 온 BD 패키지를 테이블 위에 올려놓았다.

"이게 일전에 리아스 양이 부탁한 거야. 뭐, 당신들도 이미 방송을 봤을 테지만 말이야."

그렇게 말하면서 안경을 고쳐 쓴 이는 바로——— 시그바이라 아가레스 씨였다.

그렇다. 손님은 바로 시그바이라 씨였다(아가레스의 「퀸」인 아리비앙 씨도 동행했다).

나(매니저 겸 권속인 레이벨도 포함)와 리아스, 아케노 씨는 그 BD를 보며 이야기를 나누기로 했다.

시트리 권속과의 시합이 머지않은 상황에서의 교류지만, 레이벨은 바로 그 시트리와 관련이 있는 일이기에 이 자리에 얼굴을 비췄다.

……나도 리아스를 경유해서 자초지종을 들어서 알고 있으며, 리아스와 시그바이라 씨에게 물어보고 싶은 게 있다.

아리비앙 씨는 시그바이라 씨에게서 BD를 넘겨받더니, VIP 룸에 설치된 기기에 세팅했다. 그러자 텔레비전에 BD의 영상이 표시됐다.

『매지컬~☆레비아땅~! 시작할게~!』

눈에 익은 겉모습과 귀에 익은 목소리——. 그렇다. 텔레비전에 나온 것은 명계에서 방영되고 있는 세라포르 레비아탄 주연의 특촬 드라마 『매지컬☆레비아땅』이었다.

시그바이라 씨가 가지고 온 것은 그 방송의 최신판이다.

『자, 타천사 장군 씨! 나쁜 짓을 더 했다간 절대 용서하지 않을 거야!』

텔레비전에서는 평소처럼 매지컬☆레비아땅이 마구 날뛰고 있었다. 이 특촬물은 마왕 레비아탄 님 본인이 직접 출연하기 때문에 화제가 되고 있지만…….

현재 레비아탄 님은 트라이헥사를 퇴치하기 위해 격리결계 영역에 가셨기에 장기 부재중이다. 그렇다. 이곳에 안 계신다. 즉, 특촬물에 출연할 수 있을 리가 없다. 물론 레비아탄 님이 귀환하셨다는 보고도 받지 못했다.

하지만 『매지컬☆레비아땅』은 중지되지 않았으며, 최신 스토리가 방송되고 있다!

나는 이 사실을 최근에 리아스에게 듣고 놀랐다. 그리고 실제로 명계에서 방송되고 있는 이 방송을 실시간으로 보고, 더욱 놀라고 말았다!

……사실 그럴 수밖에 없는 이유가——뒷사정이 있었다. 나

도 그것을 이미 알고 있지만…….

시그바이라 씨는 턱에 손을 대며 리아스에게 물었다.

"──이런 느낌인데, 소꿉친구인 소나 양이 이런 연기를 한다는 걸 당신은 어떻게 생각해?"

그래! 시그바이라 씨가 방금 말했다시피, 현재 매지컬☆레비아땅은 소나 선배가 연기하고 있다! 소나 선배가 언니로 분장을 하고 이 특촬물을 계속 찍고 있는 것이다!

나는 리아스에게서 처음으로 그 말을 듣고 경악할 수밖에 없었다. 그리고 본방송을 볼 때도 리아스에게 몇 번이나 「진짜로 소나 선배인 거야?」 하고 물었다.

……꼼꼼하게 화장을 했겠지만, 자매라서 그런지 이 2대 매지컬☆레비아땅을 보고도 어색함을 못 느꼈다.

물론 2대가 소나 선배라는 게 공표되지는 않았지만, 마왕 레비아탄 님이 명계에 없다는 사실은 일반 악마들에게도 잘 알려져 있다. 그래서 소나 선배가 연기하고 있는 것이 아닐까? ──라는 소문이 퍼지고 있었던 것이다.

그런 일이 명계에서 일어났기 때문에, 시그바이라 씨는 테러 대책팀인 『D×D』의 동료인 우리와 이 일에 대해 의논하고 싶어졌다고 한다.

사이라오그 씨도 이 자리에 부르고 싶었지만, 일전에 격렬한 시합을 치른 탓에 현재 휴식 중이라 부를 수가 없었다.

아무튼, 언니가 마법소녀에 너무 심취해서 골머리를 썩였던 소나 선배가 매지컬☆레비아땅을 이어받다니…….

예전에 마법소녀 복장을 했을 때도 질색을 하며 부끄러워했는데……. 하지만 텔레비전에 나온 2대 매지컬☆레비아땅——소나 선배는 전혀 부끄러워하지 않으며 마법소녀다운 포즈를 취하고 있었으며, 내숭도 떨었다. 언니인 레비아탄 님과 그야말로 판박이였기에 놀라울 지경이었다.

리아스는 시그바이라 씨의 질문에 이렇게 답했다.

"……세라포르 님의 결단이 그 애에게 있어 견디기 힘든 것이었다는 건 사실이야. 소나는 그 누구보다도 세라포르 님을 따랐으니까 말이야. 실은 어리광을 부리고 싶었을 테지만, 어엿한 마왕인 언니에게 누가 되지 않기 위해 항상 그런 마음을 억눌러왔어. 물론 마왕 레비아탄의 여동생이라는 자각도 가지고 있겠지만……. 나는 저 애가 어릴 적에 세라포르 님의 뒤를 졸졸 쫓아다니던 모습을 봤잖아. 세라포르 님을 향한 소나의 감정은 내가 오라버니에게 품고 있는 애정보다 더 클 거야."

친구에 대해 이야기하는 리아스의 얼굴에는 긍지와 안타까움이 어려 있었다.

리아스는 덧붙이듯 이렇게 말했다.

"그 애는 필요 이상으로 많은 걸 짊어지려고 해. 그리고 언니인 세라포르 님의 짐을 조금이라도 대신 짊어지기 위해서, 『매지컬☆레비아땅』 역을 맡기로 한 걸 거야. 자기한테 어울리지 않는다고 생각하면서도, 소중한 언니가 돌아오는 그 날까지 그 포지션을 지켜나가고 싶은 거겠지. 이건, 소나가 자기의 의지에 따라 스스로 정한 거라고 생각해."

……레비아탄 님이 안 계시기 때문에, 소나 선배가 이어받은 걸까. 그런 생각은 눈곱만큼도 안 했지만…… 리아스의 말을 들으니 이런 상황에서는 그게 필연적인 결과일지도 모른다는 생각이 들었다.

　시그바이라 씨가 해 준 말에 따르면, 소나 선배는 매지컬☆레비아땅만이 아니라 레비아탄 님이 맡으셨던 마왕 이외의 업무 중 일부도 이어받았다고 한다. 아니지, 이어받았다는 말보다 솔선해서 맡았다고 말이 정확할 것이다.

　시그바이라 씨는 리아스에게 물었다.

　"그녀에게 이 이야기를 직접 듣지는 못한 거지?"

　"그래."

　"너와 상의하지도 않은 거야?"

　"세라포르 님이 떠나신 후, 뭔가를 결의한 듯한 표정을 짓긴 했어. 그게 다야. 우리 둘 다 상의할 정도의 일은 아니라고 생각한 거지. 그리고 이렇게 된 이상, 이제 돌이킬 수는 없어. 그렇다면, 나는 그 애에게 이 일에 대해 묻지 않을 거야. 나와 그 애는 이런 관계거든."

　절친한 친구가 언니의 의지를 이어받아 특촬드라마에서 출연하기로 결단했는데도, 리아스는 당황하지 않았다.

　"――나도 같은 상황이었다면, 그렇게 했을 거야."

　――하고 말할 뿐이었다.

　……어릴 적부터 함께 지내온 사이이기 때문에, 이야기를 나누지 않고도 이해할 수 있는 무언가가 있는 걸지도 모른다.

옆에서 조용히 이야기를 듣고 있던 아케노 씨도 입을 열었다.

"리아스의 곁을 지켜온 제가 한 말씀 드리자면, 두 사람에게는 그런 식으로 통하는 면이 있다고 생각해요."

옆에 있는 레이벨도 "멋져요." 하고 말하며 리아스와 소나 선배의 우정을 칭송했다.

시그바이라 씨는 연달아 고개를 끄덕이며 말했다.

"그렇구나. 멋진 관계야. 나도 소꿉친구를 가지고 싶네."

리아스는 그 말을 듣더니 미소를 지었다.

"어머, 너도 어릴 적부터 파티 때마다 만났잖아? 그래서 나는 너를 친구라고 생각하는데 말이야."

리아스가 그렇게 말하자, 시그바이라 씨는 기쁜 듯한 표정을 지었다.

"그랬지. 우후후, 또 『시 양』이라고 불리고 싶은걸."

그렇게 같은 세대—— 친구들 간의 즐거운 대화가 이어지고 있을 때, 노크 소리가 들렸다.

"들어와."

리아스가 그렇게 말하자—— 다과 세트가 놓인 쟁반을 든 에르멘힐데가 방 안으로 들어왔다.

에르멘힐데는 차를 새로 준비한 후, 흡혈귀식 소형 마방진을 전개해서 뭔가를 꺼냈다.

——그것은 바로 던감의 BD-BOX였다!

그러고 보니 에르멘힐데는 시그바이라 씨에게서 던감의 BD-BOX를(반 강제적으로) 빌린 적이 있지……. 내 고향에서 일어났던 사건이 생각나는걸.

"시그바이라 님. 이참에 이걸 돌려드릴까 합니다."

"아, 맞아. 당신에게—— 던감의 BD-BOX를 빌려줬었지."

시그바이라 씨는 그것을 받았다. 방금까지 보여줬던 상급 악마다운 모습이 순식간에 사라지더니, 던감 애호가의 면모가 드러났다!

"……내 고향에서 빌려줬던 그거구나."

내가 그렇게 말하자, 에르멘힐데는 약간 더듬거리면서 입을 열었다.

"아, 아뇨. 실은——."

바로 그때, 시그바이라 씨가 안경을 반짝이면서 말했다.

"후후후, 이건 에르멘힐데 양에게 빌려준 일곱 번째 던감 시리즈야."

——윽!

맙소사! 말도 안 돼!

"이, 일곱 번째?! 그, 그렇게 많이 빌려본 거야?!"

나는 놀랄 수밖에 없었다! 그 후로 또 BD-BOX를 빌려준 거예요?! 벌써 일곱 작품이나 보여주다니, 완전 영재 교육이네요!

에르멘힐데는 부끄러워하면서 말을 이었다.

"저, 저기…… 그때 빌려주신 걸 다 보고 돌려드렸더니, 이어지는 작품과 어나더 시리즈까지 빌려주셔서……."

……흡혈귀 공주님에게 그런 악마 같은 짓거리를 한 거야?! 참, 진짜 악마니까 악마의 소행이 맞기는 하네…….

시그바이라 씨는 "므흐흐흐……." 하고 음흉한 웃음을 흘리면서 이렇게 말했다.

"에르멘힐데 양은 OVA인 『배낭 속의 분쟁』이 마음에 들었던 것 같아. 괜찮은 취향이라니깐. 소질이 느껴져."

──그것은 쓸데없는 정보였다.

……아, 팀 멤버로서는 알아두는 편이 좋을까? 으음, 필요 없을 것 같은데…….

하아, 시그바이라 씨가 우리 집에 올 때마다 이런 일이 벌어지네! 우리 팀 멤버들에게서 이상한 소질을 찾아내지 말라고!

처음 만났을 때만 해도 고압적인 태도를 취하던 에르멘힐데의 성격이 이상하게 변해가고 있는 느낌이 드는데…….

──소나 선배의 2대 레비아땅 계승과 던감 때문에 말로 형용할 수 없는 분위기가 형성된 가운데, 갑자기 방문이 힘차게 열렸다.

그리고 안으로 들어온 이는── 검은색 코트를 걸친 남성이었으며, 검은색과 황금색이 뒤섞인 듯한 머리 색깔을 지녔다.

나는 그 자를 보자마자 깜짝 놀라면서 벌떡 일어섰다!

"──윽! 너, 너는……!"

"오래간만이군, 현 적룡제."

──사룡의 필두격인 크로우 크루아흐였다!

이 녀석이 리아스 팀의 새로운 일원이라는 사실은 알고 있었지만……!

설마 이렇게 당당히 우리 집에 들어올 줄이야! 진짜 깜짝 놀랐다고! 기척도 느껴지지 않았단 말이야!

『오랫동안 정체를 숨긴 채 인간들 사이에서 살아왔으니 이 정도는 식은 죽 먹기겠지.』

——라고 드래이그가 말하기는 하지만……. 내 주변 사람들은 하나같이 기척을 감추는 게 너무 뛰어난 거 아냐? 어, 혹시 나만 기척을 감추지 못하는 거야?

"우, 우리 집에는 왜 온 건데?! 아, 혹시 리아스한테 볼일이 있는 거야?"

내가 그렇게 물었지만, 저 자식은 나한테 관심이 없는지 리아스를 쳐다보며 이렇게 말했다.

"바나나가 다 떨어졌다. 그래서 계약 조건 중 하나인 바나나를 받으러 온 거다."

………….

……바, 바나나……? 나는 크로우 크루아흐가 어떤 경위로 리아스의 팀에 들어가게 된 것인지 모른다.

서, 설마, 바나나가 계약 조건 중 하나인 거야……?

나와 레이벨이 의아한 표정으로 지켜보는 가운데…….

"바나나라면 지하 저장고에 있어. 아케노, 그를 저장고로 안내해 줘. 오피스도 거기에 있을지도 몰라. 아, 크로우. 오피스를 밖으로 데려가지는 마."

리아스가 그렇게 말하자, 크로우 크루아흐가 솔직하게 대답했다.

"그럴 생각은 없다. 그저 드래곤끼리 대화를 나누려는 것뿐이지. 그것도 계약 조건 중 하나니까 말이다."

사룡은 아케노 씨에게 안내를 받으면서 이 방을 나섰다.

……최강의 사룡이라는 녀석이 바나나에 낚인 거냐…….

『……식탐이 심한 드래곤이 많은 것 같구나.』

동감이야, 드래이그. ……랭크가 높은 드래곤일수록 괴짜도 많은 것 같은 느낌이 들어…….

리아스는 밝은 미소를 지으면서 말했다.

"크로우 크루아흐가 직접 이야기를 나눠보니, 의외로 나쁜 사람이 아니지 뭐야. 자주 이곳에 얼굴을 비출지도 모르니까, 사이좋게 지내줘."

사, 사이좋게…….

뭐, 애초부터 지인 중에 드래곤은 많았고, 사룡과 친하게 지내는 것에도 거부감은 없어.

이런저런 일이 벌어지기는 했지만, 소나 선배의 변화에 대한 이야기의 결론은 그녀를 당분간 지켜보자는 쪽으로 의견이 일치됐다.

그리고 소나 선배가 상의를 요청한다면, 다 같이 그녀의 이야기를 들어주기로 했다. 『D×D』의 멤버들은 하나같이 곤경에 처한 동료를 위해서라면 얼마든지 팔을 걷어붙이며 나서는 믿음직한 녀석들이다.

……뭐, 내 옆에 있는 레이벨은 굳은 표정으로 생각에 잠겨 있지만 말이다.

이 정보를 공유한 상황에서, 다음 시합── 소나 시트리 권속과의 레이팅 게임을 어떻게 치를지 고민하고 있는 것이리라.

……이제 슬슬 본격적인 작전회의를 열어야 할 것 같다는 생각이 들었다.

$$-\circ\ \bullet\ \circ-$$

「일성의 적룡제」 팀의 멤버 전원이 작전회의를 위해 우리 집에 있는 내 방에 모였다. 이번에는 『퀸』인 비나 씨도 와줬다.

우리는 상대 팀의 시합 내용을 확인하기 위해 기록 영상을 시청했다.

그 영상에서는 잘 알고 지내는 시트리 권속들이 소나 선배의 작전에 따라 필드에서 적절히 행동하며, 상대 팀의 전력을 적절히 소모시키고 있었다.

다양한 룰에 따라 싸우고 있는 그녀들의 움직임을 보니……낭비하는 구석이 전혀 없다. 시트리 권속을 중심으로 팀을 구성했기 때문인지, 연계와 밸런스 또한 뛰어났다.

공격은 브리트라의 갑옷을 걸친 사지를 필두로, 『룩』인 늑대인간──루갈 씨, 『나이트』 2인조인 메구리 씨와 사신인 벤니아, 『폰』인 니무라 씨가 맡고 있었다.

방어는 『룩』인 유라, 『비숍』인 하나카이 씨가 담당했다.

서포트는 『비숍』인 쿠사카 씨와 새로운 멤버, 그리고 소나 선배가 맡았다.

소나 선배는 상황에 맞춰 뛰어난 마력으로 물을 정밀하게 조작했으며, 때로는 대규모 광범위 공격도 펼쳤다.

……가장 주목을 모으는 이는 역시 사지였다.

흑염(黑炎)을 이용한 뛰어난 공격력과 다수의 라인을 통한 서 포트로 각종 룰 및 필드에 대응하며 자기 몫을 다하고 있었다. 적에게 라인이 연결되면 흑염으로 대미지를 가하거나 상대의 힘을 빨아들였다.

게다가 아군과 라인을 연결해서 다양한 힘을 보강하는 등, 팀 에 크게 공헌하고 있었다. 동료의 마력이 부족하면, 라인으로 연결해서 마력에 여력이 있는 멤버의 마력을 부족한 동료에게 공급할 수도 있다.

어떤 영상에 나온 적이 그것을 눈치채고 라인을 자르려 했지 만, 그 과정에서 흑염이 자신의 몸에 옮겨붙을 수도 있기 때문 에 이를 갈며 지켜보고 있기만 했다.

"라인을 이용한 연계를 펼치면 성가시겠군요."

레이벨도 사지의 라인을 주목했다.

물론 사지만 강력한 것은 아니었다.

다른 시트리 권속을 살펴보던 내 동료들── 제노비아가 낮 은 목소리로 말했다.

"……루루코와 메구리, 유라, 하나카이는 인공 세이크리드 기어를 통해 밸런스 브레이커에 도달했구나. 루루코라면 자랑 을 하고도 남을 텐데…… 소나 전 회장님 앞이라 그런지 자제한 것 같네."

제노비아가 말한 것처럼, 인공 세이크리드 기어를 지닌 유라,

메구리 씨, 하나카이 씨, 니무라 씨는 영상을 보아하니 예전에 비해 스케일이 커진 능력을 사용하고 있었다.

그것은 진짜 세이크리드 기어의 밸런스 브레이커 같았다. 밸런스 브레이커를 하는 모습 또한, 영상을 보아하니 진짜와 흡사했다.

니무라 씨는 각갑(脚甲)의 인공 세이크리드 기어, 옥토(玉兎)와 상아——『프로세라룸 팬텀』이 예전과는 형태가 달라졌으며, 속도와 킥의 위력 또한 비교도 안 될 만큼 향상됐다.

메구리 씨가 지닌 아자젤 선생님 특제 흑역사 소드, 섬광과 암흑의 용절도(龍絕刀)——『블레이저 샤이닝 오어 다크니스 사무라이소드』 또한 칼날의 형태가 달라졌으며, 주위에는 갑옷 무사가 넷이나 생겨났다. 키바의 용기사단급의 규모는 아니지만, 그래도 저 무사들이 필드 안에서 날뛴다면 성가실 것이다.

레이벨은 인공 세이크리드 기어판 밸런스 브레이커를 보면서 이렇게 말했다.

"귀수(鬼手)—— 카운터 밸런스. 인공 세이크리드 기어판 밸런스 브레이커를 그렇게 부른다더군요."

——카운터 밸런스.

……그게 인공 세이크리드기어의 밸런스 브레이커! 진짜로 실현했구나. 아자젤 선생님의 파브니르 갑옷도 일종의 폭주 상태로 발현됐었다. 하지만 시트리 권속이 사용하고 있는 것은 완성된 인공 세이크리드 기어의 밸런스 브레이커일 것이다.

이리나가 말을 이었다.

"인공 세이크리드 기어의 밸런스 브레이커는 아직 연구 중이라 완전하지 않다고 들었는데……."

응. 나도 그렇게 들었어. 시간이 좀 더 걸릴 거라고 들었지.

"아무래도 아자젤 전 총독이 격리 결계 영역으로 가기 전에 이론을 정리해둔 것 같아요. 실제로 보면서 만든 듯한 내용이라서, 그리고리의 간부들도 깜짝 놀랐다던데……. 아무튼, 그 덕분에 인공 세이크리드 기어 연구가 대폭 진행됐대요."

……흐음, 어떤 일이 있었던 건지는 모르겠지만 선생님은 트라이헥사와의 결전에 임하기 전에 어떤 결론에 도달한 것 같네.

──그리고 나는 불쑥 머릿속에 떠오른 생각을 입에 담았다.

"쿠사카 씨도 카운터 밸런스에 도달했다고 보면 되겠지?"

쿠사카 씨도 인공 세이크리드 기어를 사용하지만 이 영상에서는 그걸 사용하지 않았기에 엄청 신경 쓰였다.

"아마 이르렀을 거예요."

레이벨은 그 말을 긍정했다.

뭐, 쿠사카 씨는 대량의 가면을 이용한 첩보활동이 역할이니까 말이다. 영상에 나온 시합에서도 가면을 필드 곳곳으로 보내서 상대가 어떤 식으로 나오는지 파악하거나 주의를 끄는 등, 여러모로 동료들을 지원하고 있었다.

"시트리의 인공 세이크리드 기어 사용자들은 전원 카운터 밸런스에 도달한 거야. 게다가 성가신 특성이 부가된 것 같은 걸……."

그게 내 감상이다. 시트리 권속은 원래 테크니컬 타입이 많은 팀이다. 그런 자들의 세이크리드 기어가 밸런스 브레이커에 도 달한다면, 아종으로 변화시켜서 무시무시한 부가 특성을 지니 게 될지도 모른다.

레이벨이 고개를 끄덕였다.

"정면 대결을 펼치는 건 아마 위험할 거예요. 저희에게 어떤 족쇄를 채울지 짐작도 되지 않으니까요."

당연하다면 당연한 거지만, 시합에서 저들과 접촉한다면 주 의를 해야 할 것이다.

그리고 우리는 시트리 팀의 새 멤버에게도 주목했다.

일본 고대의 신성한 검―― 토츠카노츠루기를 지닌 남자 초 등학생, 호데리 유키히코였다!

아자젤 선생님이 만든 체감형 게임 「아자젤 퀘스트」를 플레 이하게 됐을 때, 이 초등학생과 만났었지. 설마 『폰』으로서 시 트리 팀에 참가할 줄이야…….

"호데리가 시트리 팀의 멤버가 될 줄은 몰랐어."

내가 그렇게 중얼거리자, 로스바이세 씨가 입을 열었다.

"중등부로 올라오면서, 견문을 넓히기 위한 수행의 일환으로 참가한 것 같더군요."

"……저 녀석, 의외로 활동적이긴 했지. 용왕 급의 존재에게 도 겁 없이 덤벼들었잖아."

탄닌 아저씨에게 과감하게 달려들 정도의 담력을 지녔으니, 어쩌면 대성할지도 모른다. 대회의 시합에서도 자기보다 실력 이 뛰어난 상대에게 주눅이 들었으면서도 달려드니까 말이다.

우리는 이렇게 시트리 팀의 시합을 텔레비전으로 확인했다.

시트리 팀의 대회 성적은 몇 번 지기는 했어도 승리가 패배보다 많았다. 그래도 레이트 수치는 우리가 높았다.

레이벨은 딱 잘라 말했다.

"──소나 님은 전술 구성에 있어서는 프로 플레이어와 비교해도 손색이 없어요. 저보다 훨씬 뛰어나시죠."

레이벨도 그 점은 인정했다.

소나 선배는 대회의 룰과 필드를 최대한 활용하면서 상대 팀을 자신의 술수에 빠뜨리니까 말이야…….

바로 그때, 비나 씨가 질문을 던졌다.

"……전략에 있어서는 다르다는 거지?"

레이벨은 비나 씨의 질문을 듣더니…….

"저 팀은 레이팅 게임에서 대국적인 전투를 치를 수가 없어요."

……라고 단정 짓듯 말했다.

……시트리 팀은, 대국적인 전투를 치를 수 없다…….

로스바이세 씨는 납득한 듯한 표정을 지으며 말을 이었다.

"압도적인 전투력…… 즉 마왕급, 신급 존재의 필드를 파괴할 정도의 파워가 저 팀에는 없다는 거군요."

레이벨은 그 말에 동의한다는 듯이 고개를 끄덕였다.

"예. 하지만 저희에게는 잇세 님과── 비나 님처럼, 필드에 큰 영향을 줄 수 있는 두 자루의 창이 있죠."

확실히 시트리 팀은 밸런스가 뛰어나지만…… 용신화를 한 나의 포격 급의 공격력을 지니지 못했다. 이 대회의 참가자 중에는 필드를 박살낼 수 있는 존재가 적지만 존재한다. 대부분 신급 존재지만, 발리나 크로우 크루아흐처럼 신에게 필적하는 자들도 있다.

……아하, 그래서 시트리 팀에는 대국—— 필드를 부숴서 룰이 제기능을 못하게 만들 방법이 없고, 그런 스타일의 작전을 짤 수 없다는 거구나.

우리는 여차하면 적당한 타이밍에 내가 용신화를 해서 포격을 날려서, 필드와 상대 팀에게 엄청난 대미지를 가할 수 있다.

레이벨은 나키리를 쳐다보며 말을 이었다.

"술법 측면으로 한정해서 본다면, 나키리 씨도 대국적인 전투가 가능한 멤버죠."

"뭐, 필드에 따라 다르지만 말이야. 그리고 가상공간은 진짜 지맥에 비해 격이 떨어져. 그 점은 지금까지 싸워오면서 충분히 느꼈어."

나키리의 술법은 지면에 발이 닿아있으면 지면을 통해 다양한 혜택을 얻을 수 있다고 한다. 자신의 공격력을 높일 수도 있고, 지면을 조작해서 방어 및 지원도 할 수 있다.

그 후, 레이벨은 이리나에게 물었다.

"이리나 님, 예의 그건 어떻게 됐나요?"

"으음, 일단 어느 정도 모양새는 갖췄어. 하지만 시간적인 면에서 좀 부족할지도 몰라."

이리나는 소용돌이를 그리듯 손가락 두 개를 빙글빙글 돌렸다. 사실 그녀는 레이벨이 고안한 새로운 기술을 개발 중이다.

"시합 때까지는 최대한 정밀도를 높여주시면 고맙겠어요."

레이벨이 그렇게 말하자, 이리나는…….

"오케이. 나만 믿어."

……하고 힘찬 목소리로 말했다.

그 후, 레이벨은 에르멘힐데에게 물었다.

"에르멘힐데 님은 어떻게 되어가고 있나요?"

"나키리 씨와 마찬가지로, 필드의 영향을 받을 것 같군요. 어떤 조건이냐에 따라 준비해야 할 게 달라지니까요."

에르멘힐데의 흡혈귀 능력은 서포트에 적합하다. 세이크리드 기어의 힘을 해방하기 전의 개스퍼와 마찬가지로 말이다. 전투형 흡혈귀라면 전선에 내보내겠지만, 에르멘힐데는 피를 빤 상대의 힘을 현현시킬 수 있다는 점 이외에는 평범한 여성 흡혈귀다. 기본적으로 서포트를 맡아주고, 상대가 접근했을 때만 피를 마시고 싸우는 편이 나을 것이다.

"……하지만 쿠사카 님의 능력에 대항하기 위해서는 에르멘힐데 님의 힘이 필요할 거예요."

레이벨은 쿠사카 씨의 가면 대책을 에르멘힐데에게 맡기려는 것 같았다.

"아시아 님, 파브니르 씨의 도움을 받는 건…… 힘들겠죠?"

레이벨이 그렇게 묻자, 아시아는 약간 가라앉은 목소리로 대답했다.

"……예. 아무래도 제가 상대를 『나쁜 분』이라고 강하게 인식하지 않는 한, 발리 씨의 할아버님과 싸울 때 같은 힘을 발휘해 주지 않을 것 같아요……. 물론 불러내면 도와주시기는 하겠지만……."

우리가 듈리오 팀과 싸울 때는 파브니르가 실황 중계를 맡았다. 어느새 부활한 그를 보고 놀랐었는데……. 아시아의 말에 따르면, 그 녀석은 웬만해선 역린 파워를 내지 않는 것 같았다. 평소에는 팬티가 좋아 죽는 팬티 드래곤에 불과한 것이다…….

게다가 대회 규정에 따라 사역마가 제한되고 있다.

레이벨은 생각에 잠기면서 말했다.

"룰에 비춰볼 때, 파브니르 님급의 사역마는 딱 한 번만 불러낼 수 있겠죠. 리제빔 리반 루시퍼를 상대로 보여주셨던 그 힘을 발휘해 주신다면, 게임이 정말 유리해질 텐데……."

그 정도 쓰레기는 흔하지 않으니까 말이야……. 그런 녀석들이 대회에 참가해도 곤란하다고.

레이벨은 아시아를 향해 이렇게 말했다.

"그리고 회복을 담당하는 아시아 님과 작전을 담당하는 저는 표적이 되기 쉬워요. 다음 시합만이 아니라, 앞으로도 호위가 없는 상황이 벌어질 수도 있으니 조심하죠."

아시아는 고개를 끄덕였다.

뭐, 귀중한 회복 담당과 우리 팀의 핵심이라 할 수 있는 레이벨이 표적이 되는 건 당연한 일이고, 소나 선배라면 빈틈을 이용해 둘을 해치우려 할 가능성이 충분히 있다. 그러니 조심하는 편이 좋을 것이다.

그 후에도 레이벨을 중심으로 각 멤버가 현재 상황을 보고하면서, 전투에 대비해 의견을 교환했다.

　어느 정도 보고가 끝났을 즈음, 제노비아가 결의에 찬 표정을 지으며 레이벨에게 말을 건넸다.

　"레이벨, 미안한테 내 억지를 들어주지 않겠어?"

　레이벨은 짐작 가는 구석이 있는지 먼저 입을 열었다.

　"——소나 님과 싸우고 싶은 거죠?"

　제노비아는 그 말을 듣고 놀랐지만…… 주위에 있는 우리도 화들짝 놀랐다.

　"어라, 눈치채고 있었던 거야? 우리 팀 작전 담당답네. 그래. 소나 전 회장과 싸우고 싶어."

　맙소사.

　"쿠오우 학원의 학생회장으로서 말이야?"

　내가 그렇게 묻자, 제노비아는 고개를 끄덕였다.

　"응. 단순한 행동일지도 모르지만, 현 회장으로서 전 회장과 이야기를 나누고 싶어."

　……그 이야기라는 것은 싸움을 뜻하겠지만…….

　설마, 이 녀석이 예전 회장에게 집착하는 줄은…….

　"싸움이라는 언어로 이야기를 나누고 싶다는 거구나. 검사인 제노비아답네."

　내가 그렇게 말한 후, 보버가 입을 열었다.

　"저도 이해합니다. 싸움을 통해서만 이야기할 수 있는 것도 있는 법이니까요."

　그래. 있어. 싸움을 통해서만 이야기할 수 있는 것……. 주먹을 통해서만 상대의 마음을 알 수 있을 때도 있거든. 그렇기 때문에, 나는 지금 가슴 속에서 소용돌이치고 있는 마음을 어떻게 해야 할지 몰라서 고심하고 있는 거야.

"그러니까, 작전에 비춰 볼 때 그게 가능한지 물어보는 거야."

제노비아는 레이벨에게 질문을 던졌지만…… 레이벨은 어찌된 영문인지 나를 쳐다보았다.

"그 전에 확인할 게 하나 있어요. ——잇세 님."

"응? 아, 혹시 사지 말이야?"

나는 바로 사지를 언급했다. 마침 그 녀석을 생각하던 참이기도 했거든.

즉, 제노비아가 소나 선배에게 집착하듯, 나도 사지에게 개인적으로 집착하고 있는 것이다.

"예. 역시 일대일로 싸우고 싶으신 거죠?"

나는…… 진지한 표정으로 솔직한 마음을 털어놓았다.

"——당연하잖아. 그 녀석은 시합이 결정되자 일부러 우리집에 찾아왔었고, 일전에 아그리아스에서 같이 관전할 때도 이번 시합을 이야기했어. 그 녀석과 내가 앞으로 나아가기 위해서는 한번쯤 제대로 주먹다짐을 해야만 해. 그건 틀림없어."

나는 그 녀석의 마음이 충분히 이해됐다.

그리고, 나도 그 녀석과 한 번 더 싸우고 싶다. 나도, 사지도, 작년 여름의 레이팅 게임 이후로 마음속에서 남은 게 있거든.

그건…… 한 번 더 싸워야만 이해할 수 있으며, 그래야만 마음이 풀릴 것이다.

"……나와 제노비아가 억지를 부리면 레이벨의 작전이 엉망이 되겠지?"

"……뭐, 나와 잇세의 억지 때문에 시합에서 지기라도 하면 큰일이잖아."

제노비아도 시합에서 승리하는 것이 중요하다는 점을 이해하고 있으니, 레이벨이 단호하게 반대한다면 소나 선배와의 대결을 포기할 것이다.

나와 제노비아가 레이벨의 대답을 기다리자…….

그녀는 결의에 찬 표정을 지으며 말했다.

"……두 분의 심정은 잘 안답니다. 그러니 우선 제 작전 계획부터 들어주셨으면 해요."

……레이벨이 우리의 마음을 함부로 여길 리가 없다는 것은 나도, 제노비아도 알고 있다.

나와 제노비아는 레이벨의 말을 듣고 고개를 끄덕였다.

그러자 레이벨은 온화한 표정을 지었다.

"잘 들으세요. 우선 각 룰에서의 대처 방법부터——."

우리는 그대로 시트리 팀과의 시합에서의 작전을 세세한 부분까지 논의했다——.

그렇다. 시트리 팀을 이기기 위해서 말이다.

Line.2 학생회의 비밀

팀의 작전회의는 어느 정도 진척이 있지만, 학생인 우리는 매일같이 학교에도 다녀야만 한다.

그리고 방과 후에 내가 교실을 나서려고 했을 때, 마츠다와 모토하마가 이런 말을 했다.

"올해 여름 방학! 어차피 우리 셋은 쿠오우 학원의 대학 추천으로 진학할 거니까, 어느 정도 시간이 있을 거야! 올해야말로 애인을——."

"……애인을…… 으윽……! 우리 셋의 우정은 영원토록 변치 않을 거라 생각했는데……!"

마츠다와 모토하마가 말끝을 흐리며 울음을 터뜨리자, 나는 말로 형용할 수 없는 감정을 맛봤다. 뭐, 내가 리아스와 사귄다는 것은 이 녀석들도 아니까 말이야. 다른 클래스메이트들에게는 비밀로 해 주고 있는 점에서 우정을 느낄 수 있었다. 물론, '다음에 네 주위의 있는 여자애들 말고 다른 여자애를 소개해 줘.' 라는 압력을 받고 있기는 하지만 말이다…….

내 주위에 있는 여자애 말고 다른 여자애라……. 일반인으로 한정해야겠지만, 그래도 어려운 부탁인걸. 나는 평범한 여자애와는 인연이 없으니까.

아무튼, 남자들(키바도 불러서)끼리 여름 방학 때 유원지에 놀러 가자는 약속을 했다. 남자끼리 노는 것도 중요하니까 말이야.

"잇세, 헌팅을 할 거니까 도와달라고."

"미남 왕자한테도 도와달라고 해야지!"

——하고, 모토하마와 마츠다가 말했다.

키바는 동성 친구에게 이런 제안을 받은 게 기쁜지 "잘 모르겠지만, 최선을 다해 볼까." 하고 느긋한 어조로 대답했다.

키바! 이 녀석들은 너의 미남 파워를 악용하고 싶은 것뿐이야! 젠장! 이 녀석들, 키바와 같은 반, 같은 조가 되더니 저 녀석을 이용하는 방법을 터득하기 시작했어! 뭐, 나도 애인이 없었다면 키바에게 도움을 요청했을지도 몰라!

그런 대화를 나누며 그 녀석들과 헤어진 후, 구교사로 향한 나와 키바는 그날도 평온하게 오컬트 연구부 부활동을 했다.

"그럼 올해 여름 방학에는 합숙을 해 봐요."

아시아 부장이 회의를 통해 그런 결정을 내리자, 모든 부원들이 그 결정에 동의했다.

신입 부원들도 합숙을 고대하는 것 같았다.

"합숙! 여름 방학이 벌써부터 기다려져요!"

르페이는 들뜬 듯한 표정으로 그렇게 말했고…….

《합숙 때는 간식 금액을 얼마나 제한하는지가 중요하다고 들었어요. 금액이 적을수록 여러모로 고민할 수 있어서 즐거울 거예요.》

벤니아는 이미 어떤 간식을 챙겨갈지 생각하고 있었다.

"하, 합숙! 여름 방학이라는 것도 처음 경험해!"

토스카 양도 즐거워 보였다. 매사가 그녀에게 있어 새로운 체험일 테니, 합숙에 흥미를 가지는 것도 무리는 아니었다.

"합숙도 좋지만, 여름 방학에는 본가에도 돌아갈 것이니라!"

쿠노는 본가에 돌아갈 예정인 것 같았다. 고향을 떠나 견문을 넓히기 위해 이곳에 오기는 했지만, 아직 초등학생이니 본가에 돌아가는 게 고대되는 것이리라.

레이벨은 스케줄 수첩에 합숙을 기입하면서 말했다.

"……올해 여름 방학에는 할 일이 많을 것 같군요."

팀의 중심이자 내 매니저이기도 한 레이벨은 여름 방학에도 바쁠 것 같았다. ──즉, 『킹』인 나도 바쁠 게 틀림없다!

대회에 참가하고, 부활동도 하고, 「찌찌 드래곤」 일도 해야만 하니 올해 여름은 작년보다 훨씬 바쁠 것 같다……. 하지만 출장 삼아 시원한 지방에 갈 수 있을지도 모르니까, 그건 기대하도록 할까.

오컬트 연구부의 회의도 거의 끝나갈 즈음, 누군가가 부실 안으로 들어왔다.

──제노비아였다.

제노비아는 주위를 둘러보았다.

"잇세, 있어?"

나한테 볼일이 있는 걸까? 내가 의아해 하고 있을 때, 아시아가 제노비아에게 말을 건넸다.

"아, 제노비아 씨! 실은 방금 여름 합숙을 하기로 결정됐어요! 제노비아 씨한테도 알릴 생각이었는데, 마침 잘됐네요!"

제노비아가 아시아의 말을 듣고 대답했다.

"오오, 합숙을 가는 구나. 나도 당연히 같이 갈 거야. ──아, 그것보다 잇세. 부탁이 있는데 말이야."

그 후, 나는 제노비아의 부탁을 들어주기로 했다.

부활동이 얼추 끝났기에, 나는 제노비아의 부탁을 들어주기로 했다.

사지가 물건을 두고 갔으니, 그걸 같이 전해 주러 가줬으면 한다는 것이 제노비아의 부탁이었다. 그녀가 이 지역에 살기 시작하고 1년가량 흘렀지만, 아직 지리에 어두웠다. 그래서 이 지역에 대해 잘 아는 나에게 같이 가달라고 부탁한 것이다.

사지의 집 주소는 알고 있다. 우리가 사는 쿠오우쵸에서 열차로 몇 정거장 정도 이동하면 되는 곳에 있다. 그곳은 소나 선배의 관할── 영역 근처다.

나는 열차로 이동하는 와중에, 제노비아가 들고 있는 서류 봉투를 쳐다보았다.

"사지가 물건을 두고 갔다고?"

"응. 볼일이 있다면서 다른 시트리 멤버와 함께 학생회실을 일찌감치 나섰는데…… 서류를 두고 갔어. 내일 회의에 쓸 거니까 오늘 안에 전달해 주는 편이 좋을 것 같아."

……볼일, 이라. 시합에 관한 회의 혹은 아우로스 학원, 아니면…… 세라포르 님의 일을 이어받은 소나 선배를 돕는 것이려나.

그 녀석도 정신없이 바쁠 것 같군…….

그런 생각을 하다 보니, 문득 어떤 점에 생각이 미쳤다.

"나, 그 녀석의 집 주소는 알지만 놀러간 적은 한 번도 없어."

그렇다. 뜻밖에도 사지의 집에는 단 한 번도 놀러 가본 적이 없다. 키바와 개스퍼가 함께 살고 있는 맨션에는 발레리나 토스카 양이 오기 전에 몇 번 가본 적이 있지만…….

악마가 된 후에 친해진 동급생 중에서, 사지의 집에만 가보지 않았다는 것을 이제야 깨달았다.

제노비아도 내 말이 의외였던 것 같았다.

"그래? 잇세와 사지는 친하니까, 서로의 집에 놀러간 적도 있을 거라고 생각했는데……."

"그 녀석은 우리 집에 자주 놀러왔지만 말이야……."

뭐, 우리 집은 일이 터졌을 때의 집합장소니까, 사지가 우리 집에 올 일은 많았다.

우리는 그런 이야기를 나누면서 목적지 인근의 역에서 내린 후, 선물용 카스텔라를 역 앞 가게에서 샀다. 그리고 스마트폰에 등록되어 있는 사지의 집 주소를 확인하며 걸음을 내디뎠다.

곧 우리는 역으로부터 걸어서 10여분 거리에 있는 주택가 한편에 있는 6층 맨션 앞에 도착했다.

……오호라, 이 맨션에서는 독특한 아우라가 느껴지는걸. 시

트리의 소유물일 테니까, 이곳에 사는 관계자는 전부 소나 선배의 협력자일 것이다. 이런 식으로 우리가 사는 동네에는 악마와 관계가 있는 사람들이 인근에 살고 있는 것이다.

　나는 문득 신경이 쓰이는 점에 대해 제노비아에게 물어봤다.

　"교회의 전사라면 여기가 악마의 소유물임을 알 수 있겠지?"

　"후후후, 악마와 연관이 있는 건물은 경우에 따라선 수백 미터 떨어진 곳에서도 감지할 수 있지. 여기는 상급 악마 시트리의 소유물이라서 그런지, 엄청난 아우라가 느껴지는걸."

　제노비아도 그렇게 대답했다.

　뭐, 화평을 맺기 전이었다면, 교회의 전사는 상급 악마와 연관이 있는 건물에 다가가기만 해도 긴장했을 것이다.

　……그렇다면, 처음 만났을 때의 제노비아는 상급 악마 그레모리와 관계가 있는 당시의 우리 집에 들어올 때, 엄청난 결의를 품었을 거라는 생각이 들었다.

　사지가 사는 곳은 5층이었기에, 우리는 엘리베이터를 타고 올라갔다.

　통로를 따라 나아간 우리는 모퉁이 방에 도착했다. 호오, 모퉁이 방! 뭐, 가족과 같이 살겠지만, 정말 괜찮은 곳에 사는걸. 이 맨션 자체도 좋은 곳 같잖아.

　나는 그 맨션의 문 앞에 선 후, 인터폰을 눌렀다.

　……하지만 집에 아무도 없는 것 같았다.

　이제부터 어떻게 할지 생각하며 제노비아와 얼굴을 마주한 바로 그때였다.

"효도 잇세이 씨——와 제노비아 학생회장님, 이시죠?"

누군가가 우리를 향해 그렇게 말했다. 고개를 돌려보니, 여자 중학생과 유치원생으로 보이는 남자애가 손을 맞잡고 서 있었다. 유치원생은 다쳤는지 얼굴과 무릎에 반창고가 붙어 있다.

귀가 도중에 뭔가를 사온 건지, 비닐봉지를 손에 들고 있었다.

여중학생이 우리를 향해 고개를 숙였다.

"저는 사지 겐시로의 여동생인—— 카호라고 해요. 이 애는 동생인 겐고예요. 겐고, 인사해."

"안녕."

——윽! 인사한 여자애와 유치원생의 정체를 알고 깜짝 놀랐다!

사지의 동생들이냐! 그 녀석, 「동생」이 둘이나 있었구나!

……처음 알았어. 그러고 보니, 나는 그 녀석의 가족 구성에 대해 아는 게 하나도 없네.

제노비아는 들고 있던 봉투를 사지의 여동생에게 내밀었다.

"이건 사지—— 너희 오빠가 학교에 두고 간 거야. 대신 전해 줄래? 그리고 이건 선물로 사 온 카스텔라야."

"아, 고맙습니다. 오빠는 때때로 이런 실수를 한다니까요. 카스텔라도 잘 먹을게요."

봉투와 카스텔라를 넘겨받은 사지의 여동생은 고개를 꾸벅 숙이면서 쓴웃음을 지었다.

자아, 볼일은 마쳤군. 나와 제노비아는 서로 눈치를 살피고 고개를 끄덕인 후, 그만 돌아가기로 했다.

"그럼 우리는 이만 가 볼게."

나와 제노비아는 돌아가려 했지만——.

"아, 잠시만 기다려 주세요. 차라도 한 잔 하시지 않겠어요?"

사지의 여동생이 그렇게 말했다.

"아, 우리는 그 봉투를 전해 주기만 하려고……."

내가 머뭇거리면서 그렇게 말하자, 여동생은 빙긋 미소 지으면서 말했다.

"으음, 적룡제와 뒤랑달 소유자 분 맞죠? 저, 두 분의 팀도 응원하고 있어요."

——윽.

아무래도 사지의 여동생은 우리가 생각한 것보다 많이 아는 듯했다.

나와 제노비아는 사지의 집 거실로 안내를 받았다. 정리정돈이 잘된 집이었다.

벽에는 유치원생인 동생이 그린 것 같은 세 남매의 그림이 붙어 있었다. 사이좋은 남매 같아 보였다.

나와 제노비아는 소파에 앉은 후, 옆방에서 남동생이 옷을 갈아입고 있는 모습을 지켜보고 있는 사지의 여동생에게 물어보았다.

"우리의 정체…… 그리고, 사지의 정체도 알고 있는 거지?"

"예, 저는요. 겐고는 아직 몰라요."

……유치원생이니까 모르는 게 당연할지도 모른다. 그렇다면 숨김없이 이야기를 나눠도 될 것이다.

사지의 여동생이 말했다.

"대회 시합도 보고 있어요. 천사인 듈리오 씨와의 게임, 아쉬웠어요. 저, 효도 선배 팀을 응원하거든요."

그런 것도 알고 있는 건가. 뭐, 관계자는 명계의 방송을 인간계에서도 볼 수 있기는 하니까 말이다.

사지의 몰랐던 일면을 알게 된 나와 제노비아는 그런 신선한 정보를 접하면서 고개를 끄덕였다. 그 녀석은 자기 가족에 대해서는 이야기하지 않거든. 꿈이나 야망에 대해서는 떠벌리고 다니면서 말이야…….

문득 거실 한편에 시선이 간 나는 선반 위에 놓인 사진을 쳐다보았다.

"아, 그건 부모님 사진이에요. 그리고 옆에 있는 건 할아버지, 할머니의 사진이고요."

──사지의 여동생이 그렇게 말했다. 응. 그럴 것 같았어.

그러고 보니 이 시간대에 어머니가 집에 없는 건 외출을 했거나, 일을 하러 간 걸까?

내가 그런 생각을 하고 있을 때, 여동생이 태연한 어조로 말을 이었다.

"다들 돌아가셨어요. 부모님은 겐고가 태어난 직후에 돌아가셨으니까, 한 5년은 됐네요. 할아버지는 작년에, 그리고 할머니는 한참 전에 돌아가셨어요."

——윽!

……………….

……어이, 그게 무슨 소리야. 사진에 찍힌 사람들이 전부 세상을 떠났다는 거야……?

나와 제노비아는 그 충격적인 정보를 듣고 경악했다.

"……미안해. 사지한테서는 아무 이야기도 못 들었어."

아무것도 알지 못했던 나는 그저 이 자리에서 고개를 숙일 수밖에 없었다.

사지의 여동생은 괜한 말을 한 것처럼 당혹스러워하더니, 곧 쓴웃음을 지었다.

"아~ 역시 겐 오빠가 이야기를 안 했군요. 그럼 괜한 소리를 해버렸네요……."

……그래. 사지 자식, 아무 이야기도 안 했어. 어쩌면 그저 밝히기 싫었던 걸지도 모르지만…….

그 녀석, 동기 악마 겸 친구로서 나와 1년 넘게 가깝게 지냈는데…….

제노비아도 진지한 표정을 지으며 말했다.

"나도 처음 들었어. 시트리 권속인 애들도 이야기를 해 주지 않았거든."

시트리 쪽 사람들을 알고 있을 것 같은데…….

그래. 사지를 비롯한 시트리 권속들은 이걸 그레모리 권속에게 이야기하지 않은 것 같았다. 아마 리아스라면 알고 있을 것 같지만…….

나와 제노비아는 느닷없이 사지의 가정사를 알고 아무 말도 못했지만…….

"누나, 옷 다 입었어!"

바로 그때, 활기찬 목소리가 들렸다.

사복으로 갈아입은 사지의 남동생이 방에서 나오더니, 부엌으로 뛰어갔다.

사지의 여동생도 따라가더니, 냉장고 안에서 뭔가를 꺼냈다.

"그래? 그럼 간식 먹자. 이건 옆집 할머니한테 배워서 만든 수제 푸딩! 그리고 오늘은 저기 있는 형과 누나가 사온 카스텔라도 있어!"

부엌에 있는 테이블에 놓인 간식을 본 사지의 남동생이 환성을 질렀다.

"와아! 간식이 두 개나 돼!"

"자아, 저기 있는 형과 누나에게 고맙다고 말해야지?"

사지의 남동생은 그 말을 듣더니, 우리를 향해 고개를 숙였다.

"잘 먹겠습니다!"

우리는 그 힘찬 목소리를 듣고 환한 표정을 지었다.

"자아, 이제 텔레비전을 봐도 돼."

사지의 남동생은 누나가 허락을 내리자, 거실의 텔레비전을 켠 후, BD재생기기에 디스크를 삽입했다.

"괴물워치! 괴물워치!"

아이들에게 인기가 많은 애니메이션이 시작되자, 사지의 남동생은 간식을 먹으면서 텔레비전을 뚫어져라 쳐다보았다.

"동생이 너무 기운이 넘치죠? 죄송해요."

사지의 여동생은 남동생 옆에 앉으면서 우리에게 사과했다.

"아까 울었나 보던데…… 괜찮아?"

나는 그렇게 물었다. 실은 통로에서 마주쳤을 때, 남동생의 볼에 남아있는 눈물 자국을 본 것이다.

사지의 여동생이 내 말에 답했다.

"아~ 실은 같은 유치원에 다니는 덩치 큰 애와 자주 싸우는 것 같아요……. 그 애는 편모가정이라 좀 복잡한 문제가 있는 것 같아요. 그 애 나름대로 울분이 쌓여서 누군가에게 풀려고 하는 걸지도 몰라요."

유치원에서 싸움이 났었구나.

"우리 집은 부모님도 없고, 할아버지 할머니도 세상을 떠났지만, 저나 오빠가 겐고와 같이 있어주는 시간이 꽤 많은 편이거든요. 시트리 쪽 분들이 남동생을 보러 와주고, 옆집 할아버지와 할머니도 저희를 챙겨주니까 그렇게 불우한 편은 아닐지도 몰라요."

사지의 여동생은 그런 이야기를 했다.

그 후, 우리는 사지의 가정 사정에 대해 간략하게 들었다.

부모님—— 아버지는 교사였다고 한다. 어머니는 박물관 직원이었던 것 같다. 두 분 다 교육 관련 직종에 종사하신 것이다.

그런 부모님은 5년 전에 돌아가셨다고 한다. 부모님이 차로 이동하던 도중에 불행하게도 교통사고를 당한 것이다. 남동생이 태어나고 얼마 지나지 않아서 그런 일이 일어난 것 같았다.

그 후, 할아버지에게 거둬진 남매는 작년까지 함께 살았다고 한다. 하지만 할아버지도 작년에 병으로——.

사지 남매는 가족—— 보호자를 잃었지만, 우연히 만난 소나 선배가 세이크리드 기어를 지닌 사지를 자기 권속으로 삼은 덕분에 보호자를 얻었다. 그리고 이 맨션에서 살게 되었다는데…….

사지에게 그런 사정이 있다는 걸…… 처음 알았어!

그 녀석, 왜 이야기해 주지 않은 거야……. 말해 주기 힘들었을지도 모르지만…… 그래도 우리는 친구잖아!

아니, 그뿐만 아니라 함께 죽을 고비를 극복한 전우에게도…… 이야기하고 싶지 않았…… 아니, 괜한 폐나 걱정을 끼치고 싶지 않았던 걸지도 모른다.

하지만…… 나는 어쩌면 네 앞에서 부모님 이야기를 했을지도 모르잖아……. 진짜로 그랬다면, 나는…….

사지의 남동생이 그린 그림이 어떤 의미인지도 이해했다. …… 철이 들기 전에 부모님을 잃었으니, 오빠와 누나 말고는…… 가족을 모르는 것이다.

사지의 여동생은 애니메이션을 즐겁게 보고 있는 남동생을 쳐다보면서 우리에게 이야기했다.

"오빠가 선생님이 되고 싶다는 말을 했죠? 그건 소나 씨의 권속이 된 후로 생긴 꿈이에요. 악마가 되기 전에는 공무원처럼 안정적인 직업을 얻을 거라고 했거든요."

사지의 여동생은 안쓰러운 표정을 지으며 그렇게 말했다.

"아마 겐 오빠는 겐고에게 아빠와 엄마가 어떤 삶을 살았는지 보여주고 싶은 걸 거예요. 자기도 교육과 관련된 일을 하면서, 아빠와 엄마가 겐고에게 보여주지 못했던 모습을 대신 보여주려는 거겠죠."

사지의 여동생은 쓴웃음을 지으며 말했다.

"아빠 엄마의 몫까지 멋을 부리고 싶은 게 아닐까요."

…………나와 제노비아는 아무 말도 하지 못했다.

우리는 그 후에도 한 10분 동안 학교생활과 대회 이야기를 한 후, 사지의 집을 나섰다.

헤어지기 직전, 사지의 여동생은 현관에서 우리에게 이렇게 말했다.

"두 분을 응원할게요. ……그래도 가장 응원하는 건 시트리 팀이지만요."

나는 집으로 돌아가면서 하늘을 올려다보았다.

"……다들, 저마다 여러 가지 사정을 안고 있구나."

내 동료들도 복잡하고 불행한 삶을 경험한 끝에 리아스의 곁에 모였다. 시트리의 권속들도 행복한 삶을 살지 못했으며, 소나 선배에게 구원받았다던데…….

옆에서 걷고 있던 제노비아가 입을 열었다.

"그러니까, 지금의 행복한 일상을 소중히 여겨야 해."

──윽.

……이 녀석은 때때로 정곡을 찌르는 말을 한다니까…….

중요한 시합 직전인데, 마음속에 응어리 같은 게 생겨버렸다.

마침 다음 휴일에 리아스와 데이트를 하기로 했으니까, 그때 이 이야기를 해야겠다.

나는 그런 생각을 하면서 집을 향해 걸음을 옮겼다——.

− ○ ● ○ −

그리고 다음 휴일——.

나와 리아스—— 그리고 쿠노와 린트 세르젠 양은 인근에 있는 쇼핑몰로 향했다.

작년에 이 쇼핑몰을 베껴서 만든 게임 필드에서, 그레모리 권속과 시트리 권속이 싸웠다.

리아스가 린트 양에게 말을 걸었다.

"린트. 마음껏 둘러보고 와도 돼."

나도 쇼핑몰 곳곳을 쳐다보고 있는 쿠노에게 말했다.

"쿠노도 돌아봐도 되지만, 사방팔방으로 돌아다니다 미아가 되지는 마."

쿠노는 손을 들면서 흥분한 듯한 어조로 말했다.

"이 쇼핑몰은 완벽하게 파악하고 있으니 괜찮으니라! 자아, 린트 님! 우선 게임 센터에 가자꾸나!"

쿠노는 린트 양의 손을 잡아끌면서 게임 센터가 있는 방향을 손가락으로 가리켰다.

"오오, 게임을 하는 곳인가요? 저, 실은 크레인 게임이라는 건 꼭 한 번 해 보고 싶었어요."

"그 소망, 내가 들어주마! 잇세와 리아스 님은 쇼핑을 즐기거라!"

쿠노는 그렇게 말하면서 린트 양과 함께 쇼핑몰 안으로 향했다.

……그러고 보니 저 나이 또래의 애는 백화점 같은 곳을 좋아하지. 나도 그랬어. 특히 장난감 코너나 게임 센터라면 환장을 해. 나도 그런 곳에 데려가 달라고 부모님을 졸랐지.

리아스는 그런 쿠노가 귀여운지 웃음을 흘렸다.

"그럼 우리는 쇼핑을 즐길까?"

"하아. 쿠노 녀석, 쇼핑몰에 데려가 달라고 그렇게 졸라대더니……."

일전에 다 같이 이 쇼핑몰에 온 적이 있는데, 쿠노는 눈을 반짝이며 쇼핑몰 곳곳을 돌아다녔다. 교토에도 커다란 백화점이 있지만 여기에는 그곳과는 다른 풍미가 있는 것 같았다. 게다가 고향에서 지낼 적에는 이렇게 인간들로 붐비는 곳에 좀처럼 갈수가 없었다고 한다.

뭐, 고향에서는 항상 시종이 곁을 지켰으니, 이런 식으로 마음 껏 걸어 다닐 수는 없었을 거야. 구미호 공주님도 고생이 많네.

리아스가 입을 열었다.

"린트도 평범한 생활에는 익숙하지 않아서 쇼핑을 해 본 적이 없는 것 같으니까, 이참에 데리고 와본 거야. ……혹시 불편했어?"

나와 리아스의 데이트에 린트 양을 동반시켜서 기분이 상했어?――라는 의미의 질문 같았다.

나는 고개를 가로저었다.

　"나는 리아스와 이곳에 온 것만으로도 즐거워.『킹』이 된 후로 리아스와 이렇게 쇼핑을 다니는 것도 힘들어졌잖아."

　얼마 전까지만 해도 단둘이서 쇼핑을 다니기도 했는데 말이야.『킹』—— 상급 악마가 되니까 할 일이 엄청나게 늘어나서 데이트도 좀처럼 할 수가 없다. 리아스만이 아니라 아시아나 다른 여성들과도 마찬가지였다.

　리아스는 내 손을 꼭 쥐면서 말을 이었다.

　"역시 내 애인은 마음이 넓다니깐. ——자, 우리도 저 애들에게서 눈을 떼지 않으면서 쇼핑…… 데이트를 즐기도록 하자."

　"응. 때로는 이런 데이트도 괜찮은 것 같아."

　나도 리아스의 손을 마주 쥐면서 데이트를 시작했다.

　쿠노와 린트 양이 크레인 게임과 메달 게임을 즐기는 가운데, 게임 센터 한편에서 셰이크를 빨대로 마시던 나는 두 사람에게 눈을 떼지 않으면서 리아스와 잡담을 나눴다.

　학교, 악마, 대회, 그리고—— 얼마 전에 알게 된 사지의 가정사에 관해서 말이다.

　"사지의 가족 사정을 알고 있었어?"

　나는 리아스에게 물었다.

　그녀는 내 말을 듣고 약간 놀란 듯한 표정을 지었지만, 곧 뭔가를 눈치챈 듯한 표정을 지으며 고개를 끄덕였다.

"……응. ……보아하니, 최근에 알게 됐나 보네?"

"응. 얼마 전에 우연히 알았어. 리아스는 꽤 예전부터 알고 있었던 거야?"

리아스는 고개를 끄덕였다.

"응. 소나한테 들었어. 너한테 이야기하지 않았던 건, 두 사람은 친구 사이니까 사지 군이 이야기를 할 거라고 생각했거든. 게다가…… 네가 사지 군의 집에 놀러간 적이 없다는 건 방금 알았어. 놀러갔다면…… 상대방도 이야기를 했을 거야."

"하하하, 제노비아한테서도 비슷한 소리를 들었어. 맞아. 우리 둘 다 학교생활과 악마 영업, 그리고 팀 『D×D』 때문에 바빴거든."

역시 전우로서 함께 싸워온 내가 사지의 집에 놀러 가지 않은 것은 같은 또래 남자들 사이에서는 드문 일일 것이다. 나는 고등학교에 진학한 후에도 휴일에 마츠다와 모토하마의 집에 놀러간 적이 있으니까 말이다.

리아스가 말을 이었다.

"사지 군은…… 이야기하고 싶지 않았던 걸까? 아마 너한테 걱정을 끼치고 싶지 않았던 걸 거야. 괜한 배려를 받고 싶지 않았던 걸지도 모르겠네."

"……그럴까?"

……그럴지도 모른다는 생각을 하기도 했지만, 좀 섭섭하기도 했다. 사지의 가정 사정을 알았다면, 도와줄 일이 있었을지도 모르는데…….

……사지에게는 그런 게 괜한 배려일지도 모르지만 말이다.

내가 생각에 잠기자, 리아스가 이렇게 말했다.

"그리고 네가 사지 군의 집에 가지 않았던 것도, 그의 태도에서 무언가를 느끼고 그의 집에 가는 걸 무의식적으로 주저한 게 아닐까? 너는 그런 분위기에 민감한 편이잖아?"

——윽.

사지가 나를 자기 집으로 부르고 싶지 않아 하는 듯한 아우라를 내뿜었고, 내가 그걸 무의식적으로 느꼈기 때문에 그의 집에 가는 것을 주저한 건가…….

……그럴지도…… 몰라. 그 녀석, 학교생활과 명계에서는 나와 허물없이 대했지만, '다가오지 마' 아우라를 두르고 있었던 것 같은 느낌도 들었다.

방과 후, 그 녀석이 한가해 보일 때도 같이 어디 놀러 가자는 말을 하기 힘들었다. 하지만 키바에게는 가벼운 마음으로 그런 소리를 할 수 있었다. 그건 같은 권속이라서가 아니라, 나와 사지 사이에 존재하는 독특한 분위기 때문일지도 모른다.

리아스는 내 얼굴을 쳐다보면서 물었다.

"다음 시합에서 사지 군과 싸우기 힘들어진 거야?"

"그랬다간 그 녀석한테 두들겨 맞을 거야. 내 권속한테도 그런 소리를 어떻게 해."

"그래. 사이라오그나 다른 이들도 보고 있을 테니까, 네가 사지 군을 공격하는 걸 주저한다면 엄청 불평할지도 몰라."

……응. 맞아. 사지의 가정 사정을 알았다고 해서 공격을 주

저했다간, 그와 마찬가지로 힘든 삶을 살아온 사이라오그 씨나 다른 사람들을 볼 면목이 없다.

게다가 이런 일로 싸움을 주저했다간, 그 녀석을…… 사지를 두 번 다시 친구라 부를 수 없을 것이다.

"……레이벨에게 이런 이야기를 했다간 엄청 화를 내겠지."

내가 그렇게 말하자, 리아스는 미소 지었다.

"그럴 거야. 그 애는 너를 멋지게 성공시키기 위해서 최선을 다하고 있잖니."

레이벨은 엄격하거든. 내 야망은 곧 레이벨의 야망이기도 했다. 그러니, 마음을 독하게 먹고 상대를 쓰러뜨려야 한다고 레이벨은 나에게 말할 것이다.

우리 매니저는 『킹』을 독려하기 위해서라면 무슨 짓이라도 할 것이다.

……나는 리아스에게 사지의 이야기를 들은 덕분에 마음이 조금 가벼워진 느낌을 받았다.

"내가 이런 걸 물어볼 사람은 리아스나 아자젤 선생님뿐이거든. 정말 고맙다고나 할까, 덕분에 살았어."

예전에는 이런 마음속의 응어리를 주로 아자젤 선생님에게 털어놓았다. 하지만 그 선생님이 지금은 먼 곳에 가버렸고, 자주 통신을 할 수도 없다. ……통신을 하더라도, 서젝스 님을 비롯해 다른 분들도 다 듣고 있기에 이런 이야기를 하기 어렵다.

그렇기에, 이런 이야기를 털어놓을 수 있는 리아스에게 더욱 고마웠다.

리아스는 작게 웃으면서 말했다.

"후후후, 그래. 아시아나 제노비아, 그리고 다른 애들은 너를 진심으로 따르니까, 네 말에 따르는 것을 바탕으로 깔고 생각해. 그리고 나는 네 이야기를 들어주기만 할 거야. 뒷일은 네가 직접 생각해서 결정해야 해. ──너는 이제 『킹』이잖아."

스스로 결정을 내려야만 하는 입장──인 건가.

……아시아와 제노비아는 나를 따르겠다고 말했다. 그런 두 사람에 이런 사적인 이야기를 하고 싶지 않다. 내 약한 면은 보여주지 않는 편이 좋을 테니까 말이야. 그녀들은 그녀들 나름대로 다음 시합에 대비해 마음의 준비를 하고 있을 것이다. 그런 이들에게 괜한 걱정──『킹』의 마음속에 존재하는 응어리를 털어놓을 수는 없다.

리아스는 손가락 하나를 세우면서 말했다.

"시합 전에 나도 조언, 아니, 소나 대책의 힌트를 줄게. ──그 아이는 강해. 전술의 천재야. 하지만 한편으로는 너무나도 약해. ……나와 동갑내기 여자애이거든."

──동갑내기 여자애.

……그렇다. 소나 선배는 리아스와 동갑내기 여자애다. 항상 쿨하고, 언니의 사업을 이어받을 정도로 정열적인 일면을 지녔는가 하면, 언니를 잃고 슬픔에 젖어있는 평범한 여자애이기도 한 것이다.

"잇세, 기가 라츄 군을 뽑았느니라!"

"저는 라츄 군의 하와이언 버전을 뽑았어요."

쿠노와 린트 양이 크레인 게임으로 뽑은 「라츄 군」 시리즈를 가지고 돌아왔다.

리아스는 "대단하구나." 하고 말하며 두 사람의 머리를 쓰다듬어줬다.

으음, 왠지 자식을 아끼는 어머니 같아! 우리한테 아이가 생긴다면, 이런 느낌일까……. 린트 양은 아이치고는 좀 크지만 말이다.

리아스가 두 사람에게 말했다.

"그럼 게임은 그만하고, 쇼핑하러 가자. 옷을 보러 갈까?"

""예~.""

쿠노가 린트 양의 손을 잡아끌면서 게임 센터를 나서려고 했다.

리아스가 그 모습을 보면서 이렇게 말했다.

"여자애는 참 좋네. 장래에 딸도 한 명 있었으면 좋겠어."

──라는 자극적인 말을 듣고 말았습니다!

나, 나도 장래에 리아스와 내 자식을 가지고 싶긴 해! 그래도 지금 이런 말을 하는 걸 보면, 리아스는 지금 모성본능에 사로잡혀 있는 걸지도 몰라!

하지만 리아스는 자신만만한 목소리로 덧붙이듯 말했다.

"하지만 첫 애는 남자애일 것 같아. 이유는 모르겠지만, 왠지 그럴 것 같은 예감이 들어. 우후후."

리아스는 그렇게 말하면서 내 손을 잡더니, 다시 쇼핑몰 안을 걷기 시작했다.

나도 그녀와 손을 마주잡은 채, '내 아들이면…… 역시 나처럼 야한 걸 밝힐까?' 같은 괜한 걱정을 하고 말았다──.

　리아스와 함께 쿠노와 린트 양을 챙겨주면서 쇼핑몰 안을 돌아다닌 덕분에 마음속의 응어리가 해소된 나는 다음 시합에 임하기 위한 각오를 다질 수 있었다.

　──소나 선배, 그리고 사지. 나는…… 지지 않을 거야!

Line.3 꿈의 밑바탕

아우로스 학원에서의 업무, 그리고 다음 시합에 대비한 미팅을 마친 사지 겐시로는 저녁 식사 시간을 이용해 잠시 집으로 돌아갔다.

"나 왔어~."

현관에서 그렇게 말하며 신발을 벗자, 안쪽에서 남동생——겐고가 종종걸음으로 뛰어왔다.

"어서 와~ 형!"

사지는 겐고의 머리를 쓰다듬으면서 거실 쪽으로 걸어갔다.

"오~ 겐고. 밥을 안 먹고 기다린 거야?"

부엌에서는 저녁 식사——카레의 맛있는 냄새가 흘러나오고 있었다. 업무와 회의를 마친 직후라 그런지, 배가 적당히 고픈 상태였다.

"겐 오빠, 어서 와."

여동생——카호는 거실에서 쉬고 있는 것 같았다. 오빠가 귀가했다는 것을 알자마자 바로 저녁 식사 준비에 착수했다.

그런 카호에게서 왠지 거북한 분위기가 느껴지자, 사지는 그런 여동생에게 말을 걸었다.

"……무슨 일 있었어?"

자신의 변화를 간파당한 카호는 한숨을 내쉬면서 입을 열었다.

"——실은 말이야. 아까 효도 잇세이 씨와 제노비아 회장님이 겐 오빠가 두고 간 서류를 전해 주러 집에 왔었어…….."

여동생은 그 말을 하면서—— 선반 위에 놓인 부모님의 사진을 쳐다보았다.

사지는 그 시선만으로 뭐가 어떻게 됐는지 이해했다.

"……그래. 걔들이 알았구나."

사지는 뒤통수를 긁적였다.

……딱히 숨길 생각은 없었지만, 딱히 이야기할 필요도 없었다고 생각했다. 그래서 효도 잇세이에게도, 그리고 동료인 제노비아 콰르타에게도 자신의 가정 사정을 이야기하지 않았다.

"미안해. 이야기를 안 했을 줄은 몰랐어……. 시합에 영향이 있을까?"

카호는 걱정스러운 목소리로 물었다.

여동생은 다음 시합이 오빠에게 얼마나 중요한 시합인지 알고 있기에, 이런 질문을 던진 것이리라.

사지는 쓴웃음을 지으면서 고개를 저었다.

"그럴 일은 없을 거야. ——그 녀석은 주저 없이 나를 두들겨 패려고 할 걸? 그런 녀석이라고. 하지만 학교에서 만났을 때…… 한마디 할 필요가 있을지도 모르겠네."

……그렇다. 효도 잇세이란 그런 친구다. 그런 전우다. 그런 동기다. 그래서 이렇게 최선을 다해 그를 쫓아갈 수 있다.

──만약 나를 봐주려고 한다면, 그때는 있는 힘껏 두들겨 패
버리면 된다. 그러면 그 녀석도 정신을 차릴 것이다.

하지만 여동생은 미안해하면서 사과했다.

"그래도, 미안해."

"괜찮아. 자아, 밥이나 먹자."

사지는 저녁 식사를 하자고 말했고, 세 사람은 식탁에 인원수
만큼의 식사를 준비했다.

""잘 먹겠습니다~.""

거실에서 동생들과 함께 식사를 하던 사지는 옛날 일을 떠올
렸다.

──5년 전, 부모님이 교통사고로 돌아가셨다.

남동생인 겐고가 태어나고 반 년 정도 지났을 즈음이었다. 교
직원이었던 아버지가 학교에서 돌아오는 길에 어머니를 마중
하러 갔고, 합류한 두 사람이 집에 도착하려던 바로 그 순간
에 일이 터졌다.

졸음운전 중인 대형 트럭과 정면에서 충돌하고, 두 분은 숨을
거뒀다.

당시 사지는 갓 중학교로 진학한 열세 살이었고, 여동생인 카
호는 초등학교 4학년인 열 살이었다…….

너무나도 갑작스럽게 부모님을 여읜 사지 남매는 충격에 사로
잡혀 현실을 받아들이지 못하는 상태였지만, 그런 그들을 친가
의 할아버지가 맡았다. 이미 할머니는 돌아가셨지만, 할아버지
는 사지 남매를 맡아서 부모님을 대신해 열심히 돌봤다.

하지만 그런 할아버지도——.

작년 초, 병으로 숨을 거두셨다.

임종 직전, 호스가 온몸에 연결된 채 병실 침대에 누워 계시던 할아버지는 사지를 부르더니, 통한의 눈물을 흘리며 이렇게 말했다.

"……이 할아비가 너희를 어엿하게 기르고 싶었는데…… 미안하다. 미안하다, 겐시로……."

하염없이 사과하는 할아버지의 모습을 본 사지는—— 아무 말 없이 눈물만 흘렸다.

사지 남매를 맡은 할아버지는 4년 동안 아버지 역할을, 어머니 역할을 홀로 해왔을 뿐만 아니라, 손주들의 말도 안 되는 부탁도 최대한 들어줬다.

자신이 고등학교에, 여동생이 중학교에 무사히 입학할 수 있었던 것도 할아버지 덕분이다. 할아버지는 학교 행사 때도 부모님 대신 와주셨다. 소풍 때도, 운동회 때도, 할아버지는 도시락을 준비해 줬다.

겐고도, 성심성의를 다해 돌봐주셨던 것이다——.

할아버지는 쉰 목소리로 사지에게 말했다.

"겐시로…… 겐고는…… 부모님의 얼굴도 모른 채 자라게 될 거란다. ……할아버지가 너희 부모 몫까지 그 아이를 지켜보려고 했는데……. 그러니까, 겐시로. 겐고의 형인 네가, 아빠 대신이 되어야만 할 거다."

할아버지는 사지—— 장남인 겐시로에게 부탁했다.

"아직 어린 너에게 이런 부탁을 하는 이 할아버지를…… 원망하거라……."

할아버지는 가늘어진 손으로 사지의 볼을 쓰다듬었다.

그리고 얼마 후——할아버지는 돌아가셨다.

사지 남매는——보호자를 잃고 말았다.

사지 혼자서 두 동생을 기르려 해도 돈이 없었다. 고등학생인 사지가 어찌 할 수 없는 현실이 닥쳐온 것이다. 게다가 보호자를 잃었으니, 세 사람은 뿔뿔이 흩어질 수밖에 없다.

한치 앞도 알 수 없는 상황에서 불안에 휩싸여 있던 사지가 만난 사람은——바로 소나였다.

사지는 우연히 인근의 역에서 소환 전단지를 받았다. 그리고 별생각 없이 그것을 가지고 돌아온 사지가 집에서 불안한 앞날을 토로한 순간, 전단지가 빛이 나면서——자신이 다니는 쿠오우 학원의 학생회장이 모습을 나타난 것이다.

소나의 정체를 안 사지는 자신이 어떤 상황인지 이야기했다. 그리고 소나는 그의 몸을 살피더니, 그것을 발견했다.

——세이크리드 기어, 검은 용맥——「업소브션 라인」.

세이크리드 기어가 자신에게 깃들어 있다는 사실을 알았을 뿐만 아니라, 그것을 발현(發現)한 사지는 소나와 주종 계약을 맺어서 그녀의 권속으로 전생(轉生)했다. 그리고 학생회에 들어간 사지는 소나의 손발이 되어서 헌신하겠다는 결의를 다졌다.

이렇게, 시트리 가문이라는 강력한 후원자를 얻은 사지는 가족들과 함께 맨션으로 이사했다. 이곳에서 생활하는 이들은 전부 시트리의 관계자들이다. 자초지종을 아는 주민들은 사지 남매를 상냥하게 대해 줬다.

시트리 권속으로서 일해서 번 돈은 카호와 겐고의 양육비로 썼고, 남은 돈은 장래에 대비해 저축했다.

힘든 일도 겪었지만, 사지 남매는 겨우 평온한 나날을 손에 넣었다.

사지는 카레를 먹으면서 자신의 삶을 되돌아보았다——.

그러던 사지는 남동생의 변화를 눈치챘다. 동생의 볼과 무릎에 반창고가 붙어 있었던 것이다.

그 이유는 금세 눈치챘다. 유치원에서 싸움을 한 것이리라.

사지는 겐고에게 물었다.

"겐고, 딴 애와 싸워서 진 거야?"

방금까지 웃고 있던 겐고는 입술을 삐죽 내밀더니, 가라앉은 목소리로 말했다.

"…………앗짱은 몸집이 커서 내 태클이나 펀치가 안 통해."

상대는 편모 가정의 아이라고 들었다. 아마 사지 남매와 마찬가지로 복잡한 가정사를 지녔을 것이며, 그걸 민감하게 눈치챈 애는 마음속의 울분을 풀기 위해 싸움을 벌였을 거라는 사실을 사지는 이해했다.

사지는 수저를 내려놓더니, 겐고를 똑바로 쳐다보며 말했다.

"잘 들어, 겐고. 나도 때때로 싸우기는 하지만 이 형님의 싸움 상대는 전부 형님보다 강해. 하지만 나는 절대 울지 않고, 몇 번이든 다시 맞서 싸워. 그 이유가 뭔지 알겠어?"

겐고는 고개를 저었다.

"──상대가 강해도 절대 지지 않을 거라는 의지를 보여주고 싶기 때문이야. 그러니까 겐고도 네가 얼마나 센지 보여줘. 두 대 맞으면 한 대라도 때려주도록 해. 세 대 맞으면 두 대라도 때려. 그러면 겐고가 약해 빠졌다고 업신여겨지지는 않을 거야."

그것은 사지가 지금까지 경험해온 싸움에 대한── 라이벌에 대한 대답이자, 신념이다.

……그렇다. 사지는 효도 잇세이에게 몇 번이나 졌다고 생각했다. 전투만이 아니라, 동기로서, 동료로서, 악마로서…… 뒤처지면서, 졌다고 생각하고 있는 것이다──.

오늘 미팅 때, 사지는 자신의 주군인 소나 시트리에게 간청했다.

『회장님, 부탁이 있습니다. 혹시 시합 도중에 기회가 된다면……저는 효도와 일대일로 승부를 하고 싶어요.』

효도 잇세이와── 정정당당하게 맞대결을 펼치고 싶다고 부탁을 드린 것이다.

그것이 시합에 얼마나 큰 불이익을 끼치고, 불합리한지는 사지 본인도 잘 안다. 그래서 얼마 전까지도 자제하며 참았다.

하지만…… 하지만 그래도 포기할 수 없었다. 억누를 수가 없었다.

──그 녀석과, 싸우고 싶다.

그 마음은 이 시합이 결정된 순간부터 점점 커지더니, 소나에게 이런 간청을 할 정도로 부풀어 오른 것이다.

그러자, 『퀸』이자 소나의 오른팔인 신라 츠바키가 사지를 말리려는 듯이 언성을 높였다.

『사지! 이건 중요한 시합이에요! 그레모리 권속으로 구성된 효도 군의 팀과의 싸움은 저희 팀에게 있어 작년의 패배를 설욕할 중요한 일전이란 말이에요!』

서브 리더인 신라 츠바키가 주의를 줬지만, 사지는 소나의 눈동자를 똑바로 쳐다보며 그녀가 입을 열기만 기다렸다.

바로 그때, 동료인 하나카이 모모가 손을 들고 말했다.

『소나 회장님, 겐의 부탁을 들어줄 수는 없나요?』

사지의 뜻을 존중하는 발언을 입에 담은 것이다.

『——모모, 당신까지 그런 소리를 하는 건가요?!』

신라 츠바키는 그 말을 듣고 놀랐지만…… 손을 든 사람은 하나카이만이 아니었다.

후배인 니무라 루루코도 이렇게 말했다.

『소나 회장님, 츠바키 씨, 실은 저도 겐시로 선배 지지파예요.』

『루루코! 당신들, 다음 시합이 얼마나 중요한지 알고 있는 건가요?!』

깜짝 놀란 신라 츠바키가 분노에 찬 목소리로 그렇게 말했지만, 사지를 지지하는 자는 늘어났다.

『모모와 루루코가 찬성한다면, 나도 찬성할래~.』

『그럼 저도 찬성하겠어요.』

쿠사카 레야와 메구리 토모에도 사지에게 힘을 실어주려는 것처럼 손을 든 것이다.

『레야와 토모에도……!』

사지의 편을 드는 이가 늘어나자, 신라 츠바키는 머리를 감싸 쥐었다. 항상 냉정함을 유지하려 하는 그녀이기에, 사지의 억지에 권속들이 동의한다는 사실에 경악한 것이다.

유라 츠바사도 사지를 지지한다는 의사를 밝혔다.

『나도 애초부터 겐시로를 지지해. ——겐시로는 쭉 효도를 지켜봤어. 이 자리에 있는 모두가 알잖아?』

소나와 신라 츠바키 이외의 멤버는 사지를 지지했으며, 사지 본인 또한 이 사태가 뜻밖이었다.

소나는 한숨을 내쉬면서 사지에게 물었다.

『사지, 당신은 똑똑한 사람이에요. 팀의 전술을 무너뜨릴 수도 있다는 것을 알면서도, 이런 부탁을 하는 거죠? 그 정도로, 당신은 잇세 군과 싸우고 싶은 거군요?』

사지는 손을 힘차게 말아 쥐며 자신의 생각을 밝혔다.

『……처음에 그 녀석을 봤을 때는 그냥 밝히기만 하는 놈이라고 생각했어요. 리아스 선배에게 선택받은 것도 우연이고, 재수가 좋아서 적룡제가 됐다고 여겼죠.』

학교 안에서 유명한 색골 3인조 중 한 명인 효도 잇세이가 악마가 되었다는 걸 안 사지는 그를 경멸하는 눈으로 봤다.

하지만 그를 만날 때마다 그 인식은 바뀌었다——.

효도 잇세이는 사건이 터질 때마다 권속들을 위해 앞장서서 싸웠고, 그 어떤 적이 상대일지라도 물러서지 않고 맞섰으며, 동료들과 깊은 유대를 쌓아 나갔다.

『하지만 달랐어요. 그 녀석이 리아스 선배와 아시아 양, 제노비아 양과 만난 것은 필연이에요. 필연이지만…… 그 녀석이 지금까지 모든 장애물을 극복할 수 있었던 것은 그 녀석이 한결같이! 필사적으로! 전력을 다해! 노력해왔기 때문이에요! …… 제가 만약 적룡제로서 그 녀석의 입장이 됐다면, 분명 반 년 안에 죽었을 테죠.』

……가까운 곳에서 지켜봤기에 이해할 수 있다.

효도 잇세이가 걸어온 1년은—— 지옥 같은 일의 연속이자, 죽어야 당연한 상황이었던 것이다.

그런데도 그 녀석은 살아남았고…… 사지보다 먼저 중급 악마가 되었으며, 결국 상급 악마가 됐다.

소나가 말했다.

『그래요. 잇세 군은—— 틀림없는 영웅이죠. 노력을 통해 기적을 이뤄내며, 지금의 경지에 이르렀어요. 당신은 그런 상대를——.』

사지는 소나의 말을 끊으면서 외쳤다.

『쓰러뜨리고 싶어요. ……동기예요. 같은 시기에 악마가 됐죠. 같은 시기에 노력했어요. 같은 시기에 적과 싸웠죠. 같은 시기에 죽을 고비를 넘겼어요. 하지만 저는 그 녀석에게 이길 수 없어요! 앞으로 나아가면 갈수록 멀어지고 있는 듯한 느낌이 들어요! 제가 100 강해지더라도, 그 녀석은 1000 이상 강해진단 말이에요!』

효도 잇세이가 기적을 일으켰을 뿐만 아니라, 끝없는 노력을 통해 강해졌다는 것은 알고 있다.

그래도, 사지는—— 동기다. 같은 시기에 악마가 됐다. 둘 다 드래곤의 힘을 지녔고, 둘 다 상급 악마의 권속이 되었으며, 둘 다 팀 『D×D』에 참가했다.

하지만 사지 또한 그에 못지않게 노력을 해왔고, 지금까지 싸워왔다. 악마 영업도 효도 잇세이에게 뒤지지 않을 만큼 열심히 해왔다.

——그렇게까지 했는데도, 효도 잇세이에게, 동기에게, 동갑내기 친구에게 이길 수 없다.

『그래도, 저는…… 그 녀석에게 뒤지고 싶지 않아요. 같은 무대에 서서, 당당하게 '나는 이 녀석의 동기이자, 동료이자, 친구야.' 라고, 말하기 위해서라도, 저는 그 녀석에게 질 수 없어요!』

친구이기 때문에, 뒤지고 싶지 않다——.

분하지만 그게 사지의 본심이었다.

동기인 친구에게—— 뒤지고 싶지 않다. 함께 강해지고 싶다. 옆에 서고 싶다.

사지는 이어서 말했다.

『드디어, 공개적으로 그 녀석과 싸울 기회를 얻었어요. …… 싸우고 싶어요. 일대일로요. 그 날의, 작년 싸움의, 그때의 설욕을 하고 싶어요! 나는 너 따위에게 지지 않아! 하고 외치며 그 녀석을 날려버리고 싶다고요!』

이 시합이 발표된 순간, 몸속 깊은 곳에서 샘솟는 무언가가 있었다.

머릿속에 떠오른 것은—— 1년 전의 레이팅 게임에서 효도 잇세이와 싸우고 진 자신의 모습이다. 몇 번이나, 몇 번이나 꿈속에서 나왔고, 혼자 있을 때는 항상 생각났다.

분한 감정은 그때가 생각날 때마다 마음속에 쌓여갔다.

이 가슴속에서 소용돌이치고 있는 것은 그 녀석과 한 번 더 싸우지 않는 한 해소되지 않을 거라는 사실을, 사지는 알고 있는 것이다.

이번에 효도 잇세이와 싸운 탓에, 더욱 분통을 터뜨리게 될지도 모른다. 그래도 상관없다.

그래도 상관없으니, 지금은—— 지금 느끼고 있는 감정을 그 녀석에게 쏟아붓고 싶다.

나도 강해졌다는 것을 그 녀석에게 가르쳐주고 싶다.

——효도와, 그저 전력을 다해 싸우고 싶다.

사지가 소나에게 속내를 털어놓자, 평소 말수가 적은 늑대인간—— 루갈이 입을 열었다.

『……마스터, 사지를 적룡제와 싸우게 해 줘야 한다고 생각한다.』

항상 무뚝뚝한 남자가 그렇게 말하자, 다들 깜짝 놀랐다.

소나조차도 깜짝 놀랐을 정도였다.

『루갈, 당신까지…….』

루갈은 사지의 어깨에 손을 얹더니, 날카로운 눈빛으로 소나를 응시하며 말했다.

『같은 전사니까 알 수 있다. 아니, 같은 남자이기에, 이해할 수 있다. 이성적인 생각은 아닐 거다. 전술, 전략은 분명 싸움에서 중요하지. 하지만 그런 걸로 단정 지을 수 없는 게 존재하는 것도 사실이다.』

루갈은 사지의 가슴에 자신의 주먹을 댔다.

『──남자에게는, 절대로 지고 싶지 않은 남자가 반드시 한 명은 있기 마련이다. 그렇다면 싸울 수밖에 없지. 싸움 이외의 다른 걸로는 그 마음을 해소할 수 없을 거다.』

루갈이 뜨거운 목소리로 그렇게 말하자, 사지는── 눈시울을 붉혔다.

『……루갈 씨.』

새로운 멤버인 호데리 유키히코는 이 모습을 보며 고개를 갸웃거렸지만…….

『왠지 알쏭달쏭하지만…… 그래도 사지 선배의 뜨거운 마음은 충분히 느껴져요! 게다가 드래곤이 드래곤을 상대한다면 시합장의 분위기가 뜨거워질 거예요.』

──하고, 뜨거운 목소리로 말했다. 중학교 1학년 나름대로 생각하는 바가 있는 걸지도 모른다.

벤니아는 차를 홀짝이며 말을 이었다.

《뭐, 어차피 그 찌찌 드래곤을 상대로 정면대결을 펼칠 수 있는 멤버는 사지 오빠밖에 없잖아요?》

벤니아는 때때로 냉정 침착한 발언을 했다.

지금 벤니아가 말했다시피, 아까 회의에서도 천룡인 효도 잇세이를 막을 수 있는 건 용왕인 사지밖에 없다는 결론이 나왔다.

신라 츠바키는 팀 멤버들의 발언을 듣더니, 한숨을 내쉬며 의자에 앉았다. 자신이 무슨 말을 한들 멤버들은 생각을 바꾸지 않을 테니, 결국 주인의 결정에 따르자고 생각한 것 같았다.

　소나는 사지와 멤버들의 의견을 듣더니—— 살며시 웃었다.

『……사지도, 당신들도, 그리고 잇세 군도, 정말 못 말리겠군요.』

　소나는 마음을 다잡으며 말을 이었다.

『기본적으로는 지금까지 논의한 대로 대응할 생각이지만…… 어차피 잇세 군을 막을 수 있는 건 사지뿐이죠. 게다가 당신이 나설 거라고 알면——.』

　소나는 단언하듯 이렇게 말했다.

『적룡제는 용왕인 사지 겐시로의 도전을 혼자 받아줄 테죠. 「일성의 적룡제」 팀이 그를 말리지 않을 거예요. 그렇다면 저희도 당신을 보내죠. 레이팅 게임은 엔터테인먼트 성격이 강합니다. 관람하는 관객들의 뜻에 반하는 행동을 취하면, 저희에게 마이너스만 되겠죠. 다수의 관객들이 당신과 잇세 군의 대결을 기대하고 있을 테니까 말이에요.』

　소나는 그렇게 말한 후, 굳어있던 표정을 풀었다.

『——이건 어디까지나 명분이에요. 자랑스러운 권속이 계속 지기만 해서야 저의 체면도 손상되겠죠. 사지, 승패에 집착하지는 마세요. 하지만 당신의 강해진 모습을 보여 주세요. 사지 겐시로라는 악마가 얼마나 강한지, 각 세력에 보여주는 거예요. —— 그런다면, 당신과 저희를 바보 취급하는 자들은 없어지겠죠.』

사지는 주인의 마음을 알고── 울음을 터뜨렸다.

주인은…… 소나 시트리는 사지의 뜻을 받아들여줬다.

소나는 마지막으로 덧붙이듯 말했다.

『그 대신, 당신이 잇세 군과 싸우는 타이밍은 제가 지정하겠어요. 사지, 괜찮죠?』

『예!!!!』

자신의 억지를 들어준 소나와 동료들에게, 사지는 진심으로 감사했다──.

사지가 아까 있었던 일을 떠올리는 사이, 카호와 겐고는 식사를 마쳤다.

그 후, 남동생과 함께 목욕을 마친 사지는 선반에 놓인 부모님, 그리고 조부모님의 사진 앞에서 합장을 했다.

──아빠, 엄마. 나에게 세이크리드 기어를 줘서 고마워.

『세이크리드 기어 시스템』은 성서의 신이 남겼다고 추정되지만, 그래도 사지는 자신을 낳아준 부모님, 그리고 지금까지 키워준 할아버지가 이 힘을 준 것이라고 생각했다.

가족이 준 힘 덕분에, 자신은 카호와 겐고를 먹여살릴 수 있다.

악마가 됐으니, 자신은 숨을 거둔 후에도 부모님과 할아버지가 있는 곳으로 갈 수 없다. 그러니, 이제 두 번 다시 아버지와 어머니, 그리고 할아버지와 할머니를 만날 수 없다.

그런데도 사지는 이 길을── 악마로서 살아가는 세계를 선택했다.

　——가족이 뿔뿔이 흩어지게 두지 않겠다. 나는 카호, 겐고와 함께 살아갈 것이다.

　……하지만 악마가 된 바람에 카호와 겐고가 자신보다 먼저 늙어서 이 세상을 떠날 것이다. 함께 있을 수 있는 시간은——80년도 안 될 것이다.

　젊은 채로 변함이 없는 자신을, 두 사람은 '형', '오빠', 그리고 '가족'이라고 불러줄까?

　사지는 그게 무서웠다. ——하지만 사지는 아무래도 상관없다고 단언할 수 있었다.

　——내가 원망을 받더라도, 두 사람이 살아있어 주기만 하면 된다. 어엿한 어른이 되어 준다면…… 그것만으로 충분하다. 카호와 겐고가 건강하게 살아 준다면, 자신은 어떻게 되든 상관없다.

　그래도, 그 와중에도, 사지는 목표를 세웠다.

　——아빠, 나도 '선생님'이 될까 해. 아빠가 왜 교사의 길을 선택한 건지 물어볼 걸 그랬다고 항상 후회하고 있어. ……만약 '선생님'이 된다면, 아빠의 마음을 조금이라도 알 수 있을까? 그러면 겐고에게 그 마음이 전해질까?

　한편, 마음속 깊은 곳에서 불타오른 무언가가 가슴 속에서 소용돌이치고 있었다.

　——하지만 아빠, 엄마, 할아버지, 할머니. 그 꿈에 버금갈 정도로 고대되고, 갈구해왔던 소망이 다음 시합에서 이뤄져.

사지의 뇌리에 떠오른 것은—— 쓰러뜨리고 싶은 동기이자, 믿음직한 동료이자, 최고의 친구의 모습이었다.

　카호는 부모님에게 기도를 드리는 사지를 쳐다보며 물었다.

　"뭐라고 기도했어?"

　"내일, 효도에게 한 방 먹이겠다고 약속했어."

　"내일, 겐고를 옆집 할머니한테 맡기고 틈을 봐서 한 시간 정도 시합을 보러 갈 거야. 소나 씨한테서 전이 마방진이라는 걸 받았거든."

　"……할머니가 오케이 한다면 그렇게 해."

　"응. 그러니까 내가 갈 때까지 지지 마."

　"당연하지."

　사지는 내일 시합이 정말 고대되었다——.

　그 녀석과 또 주먹다짐을 할 수 있으니까——.

Team member.

○「일성의 적룡제」팀 · 대회 참가 멤버

킹──효도 잇세이

퀸──비나 레스잔

룩──나키리 코친 오류

룩──보버 탄닌

나이트──제노비아 콰르타

나이트──시도 이리나

비숍──아시아 아르젠토

비숍──레이벨 피닉스

폰『4』──로스바이세

폰『2』──에르멘힐데 카른슈타인

○「소나 시트리」팀 · 대회 참가 멤버

킹——소나 시트리

퀸——신라 츠바키

룩——유라 츠바사

룩——루 가르

나이트——메구리 토모에

나이트——벤니아

비숍——하나카이 모모

비숍——쿠사카 레야

폰『5』——사지 겐시로

폰『1』——니무라 루루코

폰『2』——호데리 유키히코

※1.「일성의 적룡제」팀의 로스바이세 선수와 나키리 코친 오류 선수는 이번에 맡은 장기말을 변경했다.

※2. 사지 겐시로 선수의 장기말 가치(대회 기준)는 몸에 깃든 용왕 브리트라가 본격적으로 부활한 점을 고려해 정해졌다.

※3.「소나 시트리」팀의『폰』인 호데리 유키히코 선수는 소나 선수의 권속이 아니라, 팀 멤버다.

Line. 4 리벤지 매치, 시작합니다!

시합 당일——.

「일성의 적룡제」 팀은 명계 대천사령에 있는 「아르마로스 콜로세움」에 왔다. 그곳이 이번 시합이 열리는 장소다.

그곳은 특촬 간부 겸 안티 매직의 전문가인 그리고리 간부의 이름이 붙은 원형 투기장이었다.

정문 양옆에는 아르마로스 씨를 본떠 만든 거대한 조각상이 놓여 있으며, 금방이라도 저 두 조각상에서 '크하하하하하! 그리이이고리이이잇!' 하는 목소리가 터져 나올 것만 같았다.

이미 우리는 필드에 서 있었으며, 곧 시합이 시작될 것이다.

콜로세움 중앙 무대에는 「일성의 적룡제」 팀과 「소나 시트리」 팀의 멤버들 전원이 모여 있었다.

일렬로 선 두 팀의 멤버들은 시합이 시작될 때를 기다리고 있었다——.

바로 그때, 타천사 측의 실황 아나운서가 입을 열었다.

《여러분, 안녕하십니까! 오늘도 「아자젤 컵」의 시합이 곧 시작될 겁니다! 오늘의 시합은 주목을 받고 있는 「일성의 적룡제」 팀과, 마왕 레비아탄의 여동생이자 「루키즈 포」 중 하나——

「소나 시트리」 팀의 대결입니다! 그럼 이번 대전의 룰을 정할까 합니다!》

콜로세움의 거대 스크린에는 수많은 룰이 룰렛 느낌으로 눈 돌아갈 만큼 빠르게 표시되고 있었다.

그리고 잠시 후, 룰이 결정됐다.

스크린에 표시된 것은——『원데이 롱 워』!!

우리 팀의 멤버뿐만 아니라 시트리 측도 이 룰을 보더니 인상을 썼다!

나도 처음 경험하는 룰이다……!

실황 아나운서가 고함을 치는 듯한 목소리로 이렇게 외쳤다.

《룰은 『원데이 롱 워』로 정해졌습니다!! 이런, 엄청난 일이 벌어졌군요! 이름을 통해 알 수 있듯, 하루 내내 싸워야 하는 장기전 룰입니다!》

그렇다. 일전에 사이라오그 씨의 팀과 조조의 팀이 싸웠던 『라이트닝 패스트』와는 정반대 룰이다! 장시간—— 하루라는 제한시간을 설정한 후, 그동안 광대하기 그지없는 필드를 돌아다니며 상대를 쓰러뜨려야 하는 룰이다.

필드가 넓기 때문에 탐색 능력이 중요하며, 끈기와 체력 또한 필요할 것이다.

……그렇지만 프로 레이팅 게임에는 며칠 넘게 걸리는 룰도 있다. ……레이팅 게임은 다양한 의미에서 체력과 끈기가 필요한 세계라니깐.

《으음, 관객석과 텔레비전 앞의 여러분은 이 룰이 적용됨에

따라 장기적인──.》

　실황 아나운서가 팬에게 룰을 설명하는 사이, 맞은편에 서 있
던 소나 선배와 내 시선이 마주쳤다.

　……양 팀의 『킹』인 나와 소나 선배는 마주 보고 서 있었다.

　소나 선배는 나를 똑바로 쳐다보면서 입을 열었다.

　"1년 전, 리아스에게 소개를 받았던 잇세 군이 이렇게 『킹』이
되어서 저희와 시합할 팀을 이끌고 있군요. 솔직히 말해서 당시
에는 상상도 못했어요. ──용케도 여기까지 왔군요. 정말 장
해요."

　──윽.

　……나를 어엿한 상급 악마로 인정해 주는 발언이다. 너무 기
뻐서 눈물이 치밀어 올랐지만…… 참아야 한다.

　소나 선배는 곧 전의로 가득 찬 표정을 짓더니, 이렇게 덧붙이
듯 말했다.

　"하지만 제 앞에 선 이상, 저희의 목표를 이루기 위해 당신들
을 쓰러뜨리겠습니다."

　그것은 차분하면서도 심플한 선전포고였다.

　나도 그런 소나 선배를 똑바로 쳐다보며 말했다.

　"──승리를 쟁취하는 건 저희예요."

　나는 사지를 향해 고개를 돌리며 날카로운 시선을 교환했다.

　"사지, 1년 만에 한 번 제대로 싸워보자."

　"그래. 바라는 바야, 효도."

　우리의 몸이 전이의 빛에 휩싸였다.

《전이가 시작됐습니다!》

전이의 빛이 퍼져 나가는 가운데, 나는 레이벨을 쳐다보았다.

레이벨은 희미하게 웃고 있었다. ——그녀가 바라던 타입의 룰로 시합이 결정됐기 때문이다.

나는 사전에 레이벨과 준비한 작전을 떠올렸다.

레이벨은 시트리 팀의 전적표를 꺼내서 우리에게 보여줬다.

『이건 시트리 팀의 전적표인데…… 여러분은 이걸 보고 눈치챈 게 없으신가요?』

로스바이세 씨는 곧 뭔가를 눈치챈 듯한 어조로 자신의 감상을 말했다.

『아, 고화력 공격 수단을 지닌 팀과의 시합에서는 승률이 좋지 않군요.』

——윽.

그래. 절대적인 공격력을 지닌 팀이 상대일 때는 졌구나.

레이벨이 말했다.

『예. 이게 시트리 팀의 심각한 약점이에요. 사실 그분들은 강대한 공격 수단을 가졌을 뿐만 아니라 전략에도 어느 정도 조예가 있는 팀과 상성이 좋지 않죠. 대응할 수 있는 파워의 레벨에 한계가 있기 때문이에요.』

이리나는 레이벨의 말을 듣더니, 뜻밖이라는 듯이 놀란 표정을 지었다.

『어? 우리처럼 파워로 밀어붙이는 팀에게 약하다는 거야? 카운터나 테크닉으로 파워 위주의 상대에게 대처하는 팀이라고 생각했는데…… 그래서 리아스 씨의 팀도 고전했던 거잖아?』

이리나가 그런 의견을 내놓자, 레이벨은 고개를 저었다.

『그 시합은 필드를 파괴하면 점수가 깎이기 때문에 고전했던 거예요. 물론 상대도 파워를 제압할 술수를 준비했었지만…… 그것도 일정 레벨까지만 가능했죠. 저희 팀에는 잇세 님과 비나 님처럼 흉악할 정도의 공격력을 지닌 멤버가 있어요. 그런 분들의 공격을 정통으로 맞는다면 한순간도 버티지 못할 거예요.』

레이벨은 자신만만한 미소를 지으면서 말을 이었다.

『필드 파괴가 제한되는 룰에 대처할 방법도 생각해뒀지만, 만약 그런 제한이 없다면── 자근자근 짓밟아주도록 하죠.』

그녀는 보는 이의 등골이 오싹할 정도로 무시무시한 분위기를 자아내고 있었다.

레이벨은── 듈리오의 팀…… 아니, 류디거 로젠크로이츠 씨가 감독을 맡은 팀에게 진 순간, 무언가를 얻었고, 무언가를 내던져버렸다.

그리고, 우리는 전이 장소인 본진에서 필드 맵을 확인한 레이벨이 머금은── 결의에 찬 눈빛을 보았다.

Opening.

　소나 시트리는 전이 장소에서 필드를 대략적으로 살펴보았다.

　시트리 권속은 깎아지른 듯한 절벽 위에 있었다. 레이팅 게임에서는 이렇게 먼 곳까지 살펴볼 수 있는 지점이 본진으로 설정되는 경우가 많다.

　개인적으로 소나는 이런 곳을 본진으로 삼는 것을 좋아하지 않는다. 눈에 띄는 장소가 본진이면, 그만큼 상대방이 표적으로 삼을 가능성이 큰 것이다.

　하지만 레이팅 게임은 엔터테인먼트다. 운영 측에서 관객들에게 잘 보이는 장소를 본진으로 삼기를 원하는 것도 이해할 수 있다.

　소나는 본진에 있는 테이블에 표시된 지도를 살펴보았다. 필드는 광대한 고원지대였다. 강도 있고, 숲도 있으며, 북동쪽과 남서쪽에는 산도 존재했다. 필드는 체스판처럼 눈금으로 구역이 나뉘어 있었다.

　그리고 소나가 현재 있는 지점은 체스판으로 비유하자면 현재 e8이다. 그리고 효도 잇세이의 팀은 d1으로 전이된 것 같았다.

정석적인 본진 위치다. 미리 세워둔 다수의 작전을 사용할 수 있을 것 같았다.

끝에서 끝까지 날아가는 데 한 시간쯤 걸린다는 설명을 들었다. 그 정도로 광대한 토지인 것이다. 장기전을 고려해 휴식 지점을 미리 설정해두고, 이번 게임에서도 준비되어 있을 회복 포인트도 서둘러 확보해두고 싶다.

상대 팀에는 회복 수단이 있으니, 소나 팀이 회복을 못하게 할 게 틀림없다. 그렇다면, 미리 준비해둔 작전으로 이곳에 함정을——.

바로 그때였다.

사지, 그리고 늑대인간인 루갈이 뭔가를 눈치챈 것처럼 남쪽을 쳐다보았다. 사지의 두 눈은 브리트라의 붉은 눈동자로 변해 있었다. 용왕이 무언가를 눈치챈 게 틀림없다.

소나와 동료들이 의아해 하고 있을 때——.

사지와 루갈이 고함을 질렀다.

"빨리 여기서 대피하세요!!!"

"자 자식들……! 제정신인가?!!!"

사지와 루갈이 표정을 굳혔다. 심각한 사태가 벌어졌다는 사실을 깨달은 소나가 테이블에서 지도를 떼어내더니, 서둘러 대피하기 시작했다.

"더 서두르세요!!"

사지가 재촉하자, 다들 당황한 채 전력으로 방금 있던 곳을 벗어났다.

그 순간── 남쪽에서 섬광 같은 것이 뿜어지더니──.

소나 일행의 눈앞에 펼쳐진 것은 상상을 초월할 정도로 거대하고 두꺼운── 검은색과 붉은색이 뒤섞인 아우라의 격류였다!

압도적일 정도로 엄청난 파괴력이 방금까지 자신들이 있던 장소를 향해, 남쪽에서 북쪽을 향해 일직선으로 발사된 것이다!

유사 용신화를 통한 방대한 포격이 끝나자── 아무것도 존재하지 않는 허허벌판이 생겨났다. 광대한 고원지대 필드에 남쪽에서부터 일직선으로 그어진 두터운 선이 생겨나더니, 그 선의 범위 안에 있던 나무와 강이 전부 도려내지며 흙으로 된 지면이 드러난 것이다.

……효도 잇세이 팀은「라이트닝」팀과의 대결에서 선보였던, 필드 전체를 박살내는 공격을 방금 펼친 것이다.

남쪽에서 발사된 일격은 북쪽을 향해 일직선으로 뻗어나가더니, 그 사이에 존재하던 모든 것을 지워버렸다.

이 결과를 본『퀸』, 신라 츠바키는 전율했다.

"처음부터 주저 없이 용신의 포격을 사용하다니……."

소나도 낮게 신음을 흘렸다.

"……룰에 따라서는 초반에 사용할 수도 있다고 예상하기는 했지만…… 대담하군요."

소나는 곧 피해 상황을 파악하기 위해,『비숍』인 쿠사카에게 인공 세이크리드 기어를 사방으로 보내라는 지시를 내렸다.

수많은 가면이 사방으로 흩어지더니, 필드의 상황을 확인하기 시작했다. 곧 쿠사카는 경악스러운 사실을 말했다.

"회장님. 필드를 파괴한 효도 군의 포격 말인데…… 아무래도 한 방향으로만 날린 게 아닌 것 같아요."

쿠사카는 자신이 상공에서 확인한 필드의 상황을 지도에 표시했다. 그녀는 펜으로 선을 그었고——.

그것은 남쪽에서 세 방향으로 포격이 가해졌다는 사실을 가리켰다.

우선 d와 e 라인이 거의 허허벌판으로 변했다. 그리고 남쪽에서 북동, 북서 방향으로 직선 포격이 가해졌다. 즉, 남쪽에서 세 방향으로 포격을 날린 것이다.

아마, 용신화 상태의 네 개의 포문 중 두 개를 북쪽으로, 그리고 남은 두개를 북동쪽과 북서쪽을 향하게 하면서 포격을 펼쳤으리라.

"즉, 필드에 선이 세 줄 생겼다는 거야?"

니무라 루루코는 지도를 보더니, 포격의 궤도를 손가락으로 훑으며 그렇게 말했다.

"하지만 필드의 끝에서 끝까지 닿는 포격을 날린다는 건 경탄스럽네. 신급 존재와 싸우고 있다는 게 실감이 나."

유라 츠바사는 표정을 굳혔다.

그렇다. 이 포격은 위협적이다. 상대가 지닌 수단 중 가장 주의를 기울인 것이기도 했다. 그래서 어느 타이밍에 상대가 이 카드를 사용할지를 다각도로 예상하고 있었는데…….

초반에 이 힘을 사용한다면, 언제 또 이 힘을 사용할 수 있을 것인가……. 현재 효도 잇세이의 유사 용신화는 알려진 바가 거의 없었다. 최근에는 테러도 발생하지 않아서, 『D×D』의 활동도 거의 중단 상태나 다름없다. 그래서 정보 공유가 거의 이뤄지지 않은 것이다.

효도 잇세이는 지금까지의 시합에서도 상대 팀과의 상성 때문인지 용신화를 거의 사용하지 않았다. 그래서 지난 시합들은 참고가 되지 않았으며, 그의 팀이 이런 장기전을 치르는 것도 처음이다.

어찌 됐든 간에, 방금 그 포격을 연이어 날리지는 않을 것이다. 적어도 그가 본격적인 용신화에 이르지 못했음은 틀림없는 사실일 테니까 말이다.

소나는 생각했다. 상대 팀이 펼친 이 첫 수의 이유를──.

──이 포격의 궤도, 그리고 이런 공격을 날린 이유…….

소나는 지도를 주시하면서 포격의 궤도를 살폈다.

포격에 의해 파괴된 현재 지형도 고려하자── 소나는 어떤 사실을 눈치챘다.

"…………윽."

……레이벨 피닉스, 정말 무시무시한 애구나.

리아스는 압도적인 화력을 자신의 전술 플랜에 추가해서 상대의 전술에 대항한다. 하지만 그녀는, 레이벨 피닉스는, 압도적인 화력을…………!!!

레이벨의 생각 중 일부를 이해한 소나는 낮게 신음을 흘릴 수밖에 없었다.

"레이벨 양은 애초에 저희와 전술을 겨룰 생각이 없군요."

"""――윽?!"""

소나가 말을 털어놓자, 멤버들 전원이 경악했다.

레이벨 피닉스는 소나와 마찬가지로 자신이 짠 교묘한 작전에 상대를 빠뜨리는 타입의 악마라고 인식하고 있었다. 그래서 그녀가 상대 팀의 핵심일 거라고 여겼던 것이다.

소나는 지도를 노려보면서 말했다.

"압도적인 화력으로 저희의 의도를 전부 봉쇄할 생각이에요. 즉, 자신들에게 유리한 상황을 만들려는 거죠."

상대 팀은 방금 그 포격으로 자신들에게 유리한 조건을 강제적으로 만들어낸 것이다.

바로 그때, 쿠사카가 고함을 질렀다.

"회장님! 남쪽에서 박쥐 무리가 날아오고 있는 것 같아요!"

――으윽!

……에르멘힐데 카른슈타인의 박쥐일 것이다. 그건―― 탐색을 겸한………… 아니, 그게 아니라……!!!

소나는 숨을 가다듬으면서 냉정함을 유지하려 했다.

…………첫 수부터 이렇게 나올 줄이야.

――레이벨 피닉스는 용신화 포격을 공격에 이용하지 않았다.

소나는 리아스 권속과 적룡제 권속의 결정적인 차이점을 깨달았다.

리아스라면 유사 용신화라는 비장의 카드를 중요한 상황에서 사용하는 결정타 혹은 필살기로 삼을 것이다.

하지만 레이벨은 다르다. 그녀에게 비장의 카드는 자신이 쥔 카드 중 한 장에 지나지 않는다. 전장을 지배하기 위해서라면, 초반에라도 주저 없이 비장의 카드를 사용하는 것이다.

……아무래도, 레이벨 피닉스에게는 약아빠진 술수가 통하지 않을 것 같았다.

상대는 자신들을 쓰러프리려는 것이 아니다.

──짓밟아 버리려는 것이다.

소나는 그 점을 고려하며, 이 상황을 타개할 작전을 구상하기 시작했다──.

Line.5 필드 브레이크

나를 비롯한 효도 잇세이 팀의 멤버들은 전이 후, 레이벨의 지시에 따라 행동했다.

우선 유사 용신화를 한 내가 세 방향으로 포격을 날려서 필드에 막대한 피해를 입혔다――.

∞ 블래스터를 날린 곳은―― 헛웃음이 나올 정도로 완전히 파괴됐다! 포격을 날린 방향에 있던 숲, 강, 평원이 그대로 박살나더니, 흙만 존재하는 거친 황야로 변하고 말았다.

……내가 날린 공격이지만, 꽤나 악랄한 짓이라는 생각이 들었다. 하지만 상대 팀이 리타이어했다는 아나운스가 없는 걸 보면, 시트리 팀에 타격을 입히지는 못한 것 같았다.

하지만 레이벨의 생각이 옳다면, 상대 팀에게는 족쇄가 채워졌다고 봐도 될 것이다.

레이벨의 지시에 따라 다들 준비하는 가운데, 에르멘힐데는 본진 한편에서 흡혈귀의 술법에 집중하고 있었다.

그녀는 붉은 눈동자를 반짝이면서 조용히 중얼거렸다.

"……박쥐의 배치, 완료했어요."

레이벨이 그 말을 듣고 고개를 끄덕였다.

"예. 고마워요, 에르멘힐데 님. 나키리 씨, 그쪽은 어떻게 되어가고 있죠?"

본진의 다른 곳에서는 나키리가 좌선을 한 채 손으로 인을 맺고 있었으며, 그를 중심으로 술법 방진이 펼쳐졌다.

나키리는 눈을 감은 채 대답했다.

"……박쥐가 떨어뜨린 부적을 전부 연결했어. 일단 효도 선배가 날려버린 필드를 누군가가 통과한다면 바로 파악할 수 있어. 뭐, 하늘을 날아서 이동한다면 감지할 수 없겠지만 말이야."

레이벨은 지도를 쳐다보면서 말했다.

"하늘은 에르멘힐데 님의 박쥐로 계속 감시하죠. 그리고 나키리 씨, 이 필드 전체를 감시할 수 있으려면 얼마나 걸리나요?"

"……꽤 넓으니까, 대여섯 시간은 걸릴지도 몰라."

"그럼 다섯 시간 안에 어떻게든 끝내주세요."

"오케이. 참, 그럼 리퍼도 감지할 수 없어. 그건 걸어 다니는지 떠다니는지 모르겠거든."

"예. 그쪽은 에르멘힐데 님의 박쥐를 비롯해 다른 방식으로 대처하도록 하겠어요."

레이벨은 담담한 목소리로 작전을 진행했다. 그리고 그녀는 북쪽을 쳐다보았다.

"비나 님, 그쪽은 어떻게 되어가고 있죠?"

『필드 중앙의 상공에 방금 도착했어.』

인터컴에서 비나 씨의 목소리가 흘러나왔다. 비나 씨도 이동을 시작했으며, 필드 중앙의 상공에서 대기하고 있었다.

"그럼 작전대로 진행해 주세요."

레이벨은 각 멤버들의 상황을 파악했다.

참고로 공격 팀은 언제든 행동을 개시할 수 있도록 각자의 방식으로 릴랙스를 하면서 기다리고 있었다.

레이벨은 이 본진으로 전이하자마자 지도를 확인하더니, 잠시 동안 심사숙고한 끝에 우리에게 작전을 이야기했다.

그녀는 우선 충격적인 말을 입에 담았다.

『소나 선배와 전술로 겨루지 않을 거라고?!』

나는 레이벨의 선언을 듣고 깜짝 놀랐다. 그렇다. 그녀는 입을 열자마자 '소나 님과는 전술로 겨루지 않겠어요.' 라고 말했다.

그리고 레이벨은 말을 이어갔다.

『예. 소나 님은 다양한 작전과 대책을 짜뒀을 거예요. 그리고 저희의 전력을 야금야금 깎겠죠. 파워로 뒤지는 만큼, 공격 횟수를 늘리는 수밖에 없기 때문이에요. 저는 전술의 치밀함으로는 소나 님에게 이길 수 없을 거예요. 그렇다면 애초부터 전술의 토대 자체를 짓밟아 버리는 거예요.』

레이벨이 이 필드에 도착한 후 짠 작전은 이러했다.

우선 내가 용신화를 해서 세 방향으로 필드를 부수는 포격을 날린다. 그 방향에 있는 나무와 강을 완전히 쓸어버리는 것이다.

그러면 필드에는 굵고 커다란 선이 세 줄 생긴다.

레이벨은 체스판처럼 눈금이 있는 지도를 꺼내더니, 우리 진지에 표시를 했다. 그리고 세 방향으로 선을 그었다.

그러자 지도에는 비슷한 크기의 직각삼각형 네 개가 생겼다.

레이벨은 중앙 북측에 있는 두 개의 직각삼각형을 손가락으로 가리켰다.

『방금 북쪽 방향으로 날린 포격을 피했다면, 상대 팀은 이 영역 중 어딘가에 잠복해 있을 거예요. 그러니 이 선—— 인피니티 블래스터로 파괴한 부분을 경계선으로 삼으면서, 로스바이세 님의 마법으로 강화한 에르멘힐데 님의 박쥐를 일정 간격으로 배치하는 거죠.』

확실히 리타이어 보고가 없는 걸 보면, 시트리 팀은 본진을 버리고 중앙 북쪽의 직각삼각형 모양 필드 중 어딘가에 있겠지만…….

레이벨은 말을 이었다.

『대량의 박쥐들은 상공에서 감시 역할을 맡을 거예요. 만약 중앙에 생긴 삼각형 에어리어에서 경계선을 넘어 이동하려 한다면, 상대방의 위치를 파악할 수 있겠죠. 경계선을 넘지 않고 삼각형 안을 쭉 나아가서 이쪽 본진을 향해 남하한다면, 저희도 미리 준비하면서 대기하면 될 거예요.』

로스바이세 씨가 입을 열었다.

『박쥐를 공격당한다면…… 상대가 있는 방향을 유추하기 쉬워지겠군요…….』

게다가 로스바이세 씨의 마법으로 강화를 해뒀으니, 웬만한 공격력으로는 해치울 수 없다. 그러니 몰래 박쥐를 격추하는 것은 어려울 것이다.

레이벨은 나키리를 향해 고개를 돌렸다.

『나키리 씨가 쓰는 술법의 범위를 넓히기 위한 부적을 박쥐에게 운반시켜도 될까요?』

『그건 괜찮은데, 그걸로 뭘 어쩌려는 거야?』

나키리가 묻자, 레이벨은 지도에 표시된 경계선 세 개를 손가락으로 훑으면서 말했다.

『지상에 생긴 이 세 라인을 통해, 상대 팀이 지상에서 어떻게 움직이는지 확인해 주세요.』

레이벨의 진의를 눈치챈 나키리는 턱에 손을 댔다.

『——아하. 카른슈타인이 하늘을 감시하고, 나는 지상을 감시하라는 거구나. 이 선을 술법으로 연결해서 주위의 기운을 탐지하라는 거네. 그리고 결계도 치라는 거야?』

레이벨은 나키리의 말을 듣고 고개를 끄덕였다.

『예. 세 개의 선을 나키리 씨의 술법으로 연결한 후, 최종적으로 중앙의 삼각형 에어리어 두 개를 뒤덮을 거예요. 그래서 상대의 움직임을 봉쇄하는 거죠.』

……그야말로 절대적 포위망이잖아! 게다가 내 공격으로 필드를 파괴해서, 우리에게 유리한 지형으로 만들었구나!

레이벨은 말을 이었다.

『잇세 님은 그동안 가만히 휴식을 취해 주세요. 용신화의 힘이 어느 정도 회복된다면, 이번에는 시트리 팀이 있는 영역에 또 포격을 가하죠. 장시간 전투이기에 쓸 수 있는 작전이에요.』

뭐, 하루 정도 쉰다면 나도 어느 정도 회복될 것이다. 그런 의미에서 보더라도 시합이 시작되자마자 허를 찌르는 포격을 날리는 편이 좋다는 건가.

레이벨이 말했다.

『──상대방도 이 정도는 충분히 예측할 테니, 타임 리미트가 임박하기 전에 공격을 시도하겠죠. 그 때는 다른 작전으로 대응하는 거예요. 그리고 또 하나──.』

레이벨은 상공을 손가락으로 가리켰다.

『비나 님은 필드 중앙의 상공에 대기해 주세요. 언제든 폭격을 가할 수 있도록 제공권을 거머쥐는 거예요.』

『『『……………….』』』

다들 레이벨의 작전을 듣고 숨을 삼켰다.

이것은 상대가 고를 수 있는 선택지의 폭을 좁히고, 페이스를 우리 쪽으로 가져오는 작전이다.

레이벨은 지도를 접더니, 동료들의 얼굴을 살피면서 말했다.

『상대가 기술로 힘을 봉하려 한다면, 저희는 화력으로 그 기술── 아뇨, 전술을 날려버리는 거예요.』

소나 선배는 지도를 보면서 다양한 전술 및 함정을 구상할 것이다. 그리고 레이벨은 그런 소나 선배와 정면대결을 펼치는 것을 관뒀다. 전술로 승부를 벌였다간 밀릴 수밖에 없다는 사실을 알고 있기 때문이다.

그러니 상대가 아무것도 할 수 없게 필드를 파괴해 압박한 것이다.

──리아스와는 극명하게 차이가 나는 전술, 전략이다.

나키리 또한 레이벨의 작전을 듣고 표정을 굳혔다.

『이야, 무시무시하네.』

그 후, 우리는 인피니티 블래스터를 쐈고, 박쥐를 사방으로 보내면서…… 레이벨의 작전대로 행동했다.

그리고 레이벨이 동료들에게 사전에 내렸던 지시가 적절하게 효과를 발휘하고 있었다.

에르멘힐데도 박쥐 조작 특훈을 한 덕분인지, 광범위에서의 박쥐 대군의 운용이 가능해졌다. ……뭐, 표정을 보아하니 꽤 힘든 것 같지만 말이다.

나키리도 좌선 자세로 술법에 집중하고 있는데……. 아까 설명에 따르면, 세 개의 선과 중앙의 삼각형 에어리어까지 완벽하게 의식과 동조시키기 위해서는 다섯 시간은 걸린다고 한다.

바로 그때, 나키리가 나를 힐끔 쳐다보았다.

오랜 시간 동안 작업을 해야 하는 만큼, 이야기 상대가 필요한 것 같았다. 나는 그런 나키리에게 말을 걸었다.

"나키리의 능력은 편리하네. 땅에 발을 대고 있는 한, 음향탐지기처럼 상대방의 위치를 알 수 있는 거지?"

"예. 강한 힘을 지닌 상대일수록, 그 기운이 지맥을 통해 저에게 전해져 와요. 거리가 가까우면 발자국 소리도 어느 정도 파악할 수 있죠. 그리고 발자국 소리를 통해 상대방의 상태를 알 수 있어요. 게다가 지하에 숨어도 알 수 있죠. 뭐, 상대방도 그렇게까지 하면서 경계선을 넘으려고 하지는 않겠지만요."

……레이벨은 그런 점도 고려해서, 나키리에게 지상(땅속 포함)의 감시를 부탁했으리라.

나키리가 말했다.

"역대 『황룡』 계승자 중에는 지맥을 통해 떨어진 곳에 있는 상대에게서 생기를 빨아들인 사람도 있대요."

"……그거, 무시무시하네."

하지만 거꾸로 생각한다면, 떨어진 곳에 있는 상대의 파워를 흡수해서 쓰러뜨리는 것도 가능한 것이다.

남자들끼리 그런 이야기를 할 때, 제노비아가 손짓을 했다.

나는 그녀에게 걸어가서 "무슨 일이야?" 하고 물었다.

제노비아는 레이벨 쪽을 쳐다보면서 물었다.

"잇세, 물어볼 게 있어. 이 싸움, 마스터 리아스와 소나 전 회장님의 시합이었다면—— 우리가 마스터 리아스의 팀 멤버로서 싸웠다면, 초반에 어떤 식으로 전개됐을 것 같아?"

그런 게 궁금했던 거구나…….

나는 잠시 생각에 잠긴 후, 입을 열었다.

"리아스라면 소나 선배와 전술 대결을 펼치려고 했을 거야. 소꿉친구이기에 알 수 있는 면도 있을 테니까 말이야."

"용신화한 잇세의 포격을 이런 식으로 운용할 수 있구나…….
레이벨은 우리의 파워를 어떤 식으로 여기고 있을까?"

레이벨은 용신화의 화력을 공격이 아니라 적의 움직임을 봉쇄하는 데 썼다. 나나 리아스는 그런 생각을 하지 못할 것이다. 어디까지나 최종 수단 혹은 필살기로 운용할 게 틀림없다.

레이벨은 로스바이세 씨에게도 지시하고 있었다. 이번 시합에서 로스바이세 씨는 『폰』이다. 대신에 나키리가 『룩』이 되었다.

"로스바이세 님, 적당한 때가 되거나 빈틈을 발견하면 상대 팀 진지에 진입해 주세요. 그리고 프로모션을 통해 『퀸』으로 승격해서 『비숍』과 『룩』의 힘을 해방한 후, 임기응변에 따라 아군의 지원 및 공격에 참가해 주시면 감사하겠어요."

"예, 알았어요."

로스바이세 씨를 『퀸』으로 승격시켜서, 능력을 전체적으로 향상시킬 생각인 것 같았다.

그리고 나와 시트리 팀은 몇 시간 동안 별다른 움직임을 보이지 않았다——.

네 시간 정도 경과했을 때였다.

필드에 변화가 발생했다. 움직임을 관측한 에르멘힐데와 나키리가 연이어 입을 열었다.

"——동쪽 에어리어에서 중앙의 경계선을 넘어서 서쪽으로 이동하는 다수의 그림자를 포착했어요."

"나도 기척과 발소리를 포착했어. ——니무라네. 그리고……."

"하나카이 모모 양과 유라 츠바사 양도 발견했어요."

——에르멘힐데와 나키리가 그렇게 말했다.

……그렇다면, 소나 선배가 있을 시트리의 본진은 동쪽의 삼각형 에어리어에 있는 건가.

서쪽으로 이동한 건…….

나도 지도를 쳐다보면서 서쪽을 주목했다. ──회복 포인트다.

그곳에 가면 대미지를 회복할 수 있지만…… 누군가가 다치기라도 한 걸까? 아니면 회복 포인트를 확보하려는 속셈일까?

레이벨은── 전방의 필드를 쳐다보면서 생각에 잠겼다.

"……나키리 씨의 술법이 자신들이 잠복한 에어리어까지 영향권으로 삼는 시간을 상대방도 알고 있는 걸지도 모르겠군요. 상대 팀에도 5대 종가 출신인 신라 츠바키 님이 계시고, 일본의 술사에 대해 해박한 분들이 있으니까요. 하지만 회복 포인트를 점거하기 위해 이 타이밍에 움직였다고 보는 건 좀……."

레이벨은 잠시 동안 생각에 잠기더니…… 상공을 올려다보며 비나 씨의 동향을 살폈다.

그리고 나와 이리나, 로스바이세 씨를 향해 고개를 돌렸다.

"아마 상대 팀의 미끼 혹은 함정이겠죠. 그럼 저희도 경계를 늦추지 않으면서 움직이도록 할까요. 잇세 님, 이리나 님, 로스바이세 님, 세 분이 니무라 양 일행 쪽으로 향해 주세요."

오오, 드디어 본격적인 행동을 시작하는 거구나.

레이벨이 지시를 내렸다.

"잇세 님은 웬만해서는 당하지 않을 거라고 생각하지만 일단 조심하세요. 물론 부분적인 용신화도 하지 마세요. 이리나 님은…… 그 기술을 사용해 주세요. 로스바이세 님은 두 분을 서포트해 주시면 감사하겠어요."

""""라져!""""

레이벨이 제노비아와 보버에게 말을 걸었다.

"보버 씨는 제노비아 님을 태우고 상대 팀이 있을 에어리어의 상공을 광범위하게 날아주세요. 그리고 움직임이 포착된다면 바로 보고해 주세요."

""라져!""

이런 식으로 상대 팀의 위치를 대략적으로나마 파악할 수 있다니…….

나 혼자였다면 지도를 받더라도 상대 팀을 찾아낼 방법이 하나도 머릿속에 떠오르지 않을 것이다.

자신이 유리한 전황을 의도적으로 만들어낸다——.

나는 매니저 겸 권속 겸 참모인 레이벨을 믿음직하게 여기면서, 상대 팀을 찾기 위해 본진을 벗어났다.

나와 이리나, 로스바이세 씨는 에르멘힐데와 나키리의 정보와 지도를 살피며 북쪽 방면—— 체스판으로 치면 c5에 있는 숲 속을 나아갔다.

쿠사카 양이 가면을 배치했을지도 모르기에 주의를 하라고 레이벨이 말했지만…….

아무리 가면이라도, 에르멘힐데와 나키리의 감시망을 돌파할 수 있을까?——하고 묻자, 니무라 양 일행이 경계선을 넘으면서 몇 개 가지고 이동했을 가능성이 있다는 대답을 들었다.

……우리 매니저 님께서는 그런 사소한 부분까지 하나하나 신경 쓰고 계시옵니다. 레이벨은 시트리 팀의 가장 무시무시한

점은 첩보 능력이라고 말했다.

팀 『D×D』 시절, 시트리 권속은 전선에 거의 나서지 않으며 첩보 분야에서 활약했다. 테러 진압 활동을 하면서 그런 면을 더욱 단련했을 거라고 레이벨은 인식하고 있었다.

……레이벨은 『D×D』에 소속되어 있지 않았지만, 시트리 권속을 계속 살폈지…….

그런 레이벨의 예상에 따르면, 우리가 향하고 있는 회복 포인트에 시트리 권속도 향하고 있을 가능성이 있다고 한다.

물론 상대 팀 또한 어떤 의도가 있어서 저곳으로 향하고 있는 것이리라. 회복수단이 없는 시트리 권속에게는 회복 포인트가 중요할 것이다. 확보해두고 싶을 테지만, 어쩌면 함정을 파놓고 우리가 접근할 때까지 기다리려는 속셈일지도 모른다.

……아무튼, 레이벨은 그 회복 포인트를 「어떻게든 하고 싶다」고 말했다.

숲을 나아간 우리는 탁 트인 곳에 도착했다.

──연못이 있는 장소에 도착한 것이다.

이리나가 기척을 감지한 것인지 연못가를 쳐다보았다.

그곳에는── 니무라 양과 유라가 서 있었다.

하나카이 양도 이쪽으로 향한 걸로 알고 있는데……. 따로 임무를 수행하고 있는 걸까. 아니면 숨어서 우리가 빈틈을 보이는 순간을 노리고 있는 걸까.

나는 하나카이 양이 없다는 것을 주의하라는 의미가 담긴 눈빛을 이리나와 로스바이세 씨에게 보냈다.

니무라 양은 팔짱을 끼면서 당당한 목소리로 이렇게 말했다.

"설마 이리나 선배와 효도 선배, 그리고 로스바이세까지 올 줄은 몰랐어요. 완전 예상 밖이네요!"

목소리에서 기운이 넘치는걸. 시합 때도 텐션은 평소와 별반 다르지 않은 것 같았다.

니무라 양은 우리에게 물어보았다.

"함정일 거라는 생각은 안 했나요?"

나는 딱 잘라 말했다.

"――내 매니저는 함정까지 박살내기를 바라더라고."

니무라 양은 그 말을 듣더니 자신만만한 미소를 지었다.

"레이벨…… 동갑내기라는 게 믿기지 않는 애네요. ――캐부 담돼요."

캐부담…… '엄청 부담된다.' 는 말일 것이다. 니무라 양은 쿠오우 학원에 다니는 이형의 존재들 중에서 가장 여고생다운 애라고 생각한다.

이리나는 천사의 날개를 펼치더니, 손에 쥔 오트클레르로 니무라 양과 유라를 겨눴다.

"으음…… 대박 내키지 않지만, 일단 싸워 볼까!"

……일부러 여고생 같은 말투를 쓰며 경쟁할 필요는 없다고, 이리나.

"……하아."

유라는 탄식을 터뜨리면서 자신의 인공 세이크리드 기어인 방패를 꺼냈다. 정령과 영광의 방패――『트윙클 이지스』, 정령과 계약을 해서 다양한 방어 특성을 발휘하는 방패다. 요요처럼 던질 수도 있다.

니무라 양도 두 발에 자신의 인공 세이크리드 기어인 각갑을 착용했다. 프로세라룸 팬텀. 속도와 격투능력이 비약적으로 상승시켜주는 인공 세이크리드 기어다.

나도 재빨리 밸런스 브레이크를 해서 진홍색 갑옷을 걸쳤다.

로스바이세 씨도 마방진을 손 언저리에 펼치면서, 전투 준비를 마쳤다.

——바로 그때, 니무라 양이 단숨에 끌어올린 아우라를 폭발시켰다!

"——귀수화(鬼手化)!"

니무라 양이 그렇게 외친 순간, 그녀가 착용한 각갑이 변화하기 시작했다!

각갑의 형태가 화려해지더니, 갑옷 부분이 상반신까지 감쌌다. 허리, 가슴, 두 손도 갑옷에 감싸였다.

니무라 양은 자랑하듯 브이 사인을 날리며 이렇게 말했다.

"이게 제 카운터 밸런스, 옥토와 상아와 게——『하이퍼 프로세라룸 팬텀』이에요! 앞에 하이퍼를 붙여 봤어요!"

엄청 자랑스러워하네……. 새로운 학생회는 작년 학생회와 분위기가 너무 다르다니깐!

내가 그런 생각을 하는 사이, 전투가 시작됐다.

방패를 지닌 유라는 로스바이세 씨와 이리나가 상대하고, 니무라 양은 내가 상대하기로 했다.

카운터 밸런스 덕분인지, 니무라 양은 예전과는 비교도 되지 않을 만큼 빨라졌다. 단순한 순간 속도만이라면 진(眞)『퀸』인 나보다 빠르다! 소리 없이 사라지더니, 기척조차 느껴지지 않을 정도의 속도로 내 주위를 움직이고 있었다.

눈으로 좇을 수 없다는 점이 키바를 연상케 하지만…… 이런 스타일의 상대에게 익숙한 나는 온몸의 아우라를 끌어올린 후 ──단숨에 파동을 사방으로 뿜어냈다!

한 점을 노리는 공격을 명중시키는 게 무리라면, 넓은 범위를 한꺼번에 공격한다는 이론이다! 드래곤샷을 명중시키는 것은 무리라고 판단한 나는 범위 공격을 펼친 것이다!

상대도 내 의도를 이해한 것인지, 거리를 두면서 내 공격 범위에서 빠져나갔다. 나는 그 틈을 놓치지 않겠다는 듯이 단숨에 니무라 양에게 쇄도했다!

"겁나 빠르네요!"

니무라 양은 범위 공격을 피했더니, 순식간에 상대가 다가온 듯한 느낌일 것이다. 직선적인 움직임이라면 니무라 양에게 뒤지지 않을 자신이 있다고.

나는 오른손에 모은 아우라를 니무라 양에게 쐈다!

하지만 그 공격은 허공을 갈랐다──. 그리고 방금까지 니무라 양이 있던 곳의 나무들이 뽑히면서 날아갔다.

"우랴앗!"

어느새 내 뒤편으로 이동한 니무라 양이 내 등을 향해 발차기를 날렸다! 괜찮은 발차기지만…… 나에게 대미지를 가할 수 있을 정도의 위력은 지니지 않았다. 나는 그대로 돌아서면서 펀치를 날렸다!

부웅! 하고 공기가 뒤흔들릴 정도의 한 방이었다. 내가 날린 펀치의 충격파가 한참 떨어져 있는 나무까지 날아가더니, 그대로 그 나무에 커다란 구멍을 뚫었다.

니무라 양은 그 광경을 보면서 쓴웃음을 지었다.

"……최종 보스와 싸우고 있는 듯한 느낌이네요! 그것도 몇 단계로 파워업하는 타입의 최종 보스와요!"

칭찬으로 여기도록 할까…….

한편, 니무라 양은 도전적인 어조로 이렇게 말했다.

"——드레스 브레이크를 써보세요. 저한테는 그게 통하지 않는다는 걸 증명해드리죠."

——윽!

……이런 도발을 받을 거라고는 생각도 못했어!

"재미있는걸! 내 필살기를 막아낸 여성은 없다고!"

나는 그 도발에 넘어가기로 했다!

색골 근성을 발휘한 나는 니무라 양을 벗기는 데 주력하며 아까보다 더 날카로운 움직임으로 고속 전투를 펼쳤다!

니무라 양이 순식간에 내 등 뒤로 이동하자, 나 또한 전력을 다해 그 자리를 벗어난 후, 니무라 양의 등 뒤로 이동했다!

"색골 파워를 발휘하니, 움직임이 딴 사람 같네요!"

니무라 양은 놀란 것 같지만, 꽤 즐거워 보였다.

큭! 내 손에 닿지 않을 자신이 있어서 저렇게 여유로운 거겠지!

나는 더욱 정교한 움직임을 취하면서, 눈으로 볼 수 없을 수준의 속도를 발휘했다.

그리고 니무라 양의 속도에 완전히 대응한 나는 빈틈을 이용해 그녀의 어깨에 손을 댔다!

그와 동시에 망상에 사로잡히면서 아우라를 해방시켰다!

"——간다, 드레스 브레이크!"

나는 손가락을 튕기면서 기술을 발동하려 했다!

——하지만 바로 그때, 니무라 양이 눈을 반짝이면서 외쳤다.

"이때를 기다렸다고요!"

니무라 양은 두 발의 각갑으로 대량의 아우라를 분출하더니, 그 자리에서 돌려차기를 날렸다. 내가 거리를 벌린 상황에서 발차기를 날린 이유를 알 수 없지만, 허공을 가를 줄만 알았던 그 발차기는——파직 하며 뭔가를 터뜨리는 듯한 소리를 냈다.

그리고 다음 순간, 떨어진 곳에서 비명 소리가 들렸다.

"꺄아아아아아아아아아아아아앗!"

고개를 돌려 보니—— 이리나의 옷이 갈기갈기 찢기면서 알몸이 되었다.

오오, 자주 보는데도 전혀 질리지 않을 만큼 멋진 몸매입니다!

실황 아나운서도 이 광경을 보고 고함을 질렀다!

《오오! 이건…… 효도 선수의 기술이 이리나 선수의 옷을 파괴한 것으로 보면 될까요? 이 대회는 어린 친구들도 보기 때문에, 시합 도중에 건전하지 못한 사태가 발생하면 바로 수정 처리가 되면서 프라이버시를 보호합니다. 관객 여러분, 텔레비전

앞의 시청자 여러분, 양해 바랍니다!》

아, 실황 아나운서가 저렇게 떠들어대고 있지만, 영상은 바로 수정이 된다니 이 광경을 직접적으로 보지는 못한 거구나.

뭐, 아이들이 보는데 가슴을 홀랑 드러낼 수도 없긴 하겠지!

명계의 모든 아버님들 몫까지 제가 볼 테니, 안심하십시오!

그것보다, 니무라 양이 내 드레스 브레이크를 파훼했다!

발동 조건은 니무라 양에게 적용됐는데, 저 발차기를 펼친 직후에 이리나의 옷이 찢기고 만 것이다!

니무라 양은 의기양양한 목소리로 이렇게 말했다.

"훗훗훗! 제 발차기는 효도 선배의 엉큼한 기술조차 걷어차 버린다고요!"

한편, 이리나도 항의를 했다.

"저기, 달링! 내 옷을 부수면 어떻게 하냔 말이야! 장래의 아내가 남들에게 알몸을 드러내기를 바라는 거야?!"

그건 안 되지만, 이 자리에 있는 이는 나 말고 전부 여자니까 양해해 달라고!

……그나저나 무적의 기술인 줄 알았던 드레스 브레이크가 통하지 않을 줄이야! 아, 그건 아니구나. 이리나의 옷이 터졌으니까. 즉…… 무효화할 수 없으니, 그대로 튕겨낸 건가.

다른 시합에서 니무라 양이 지닌 인공 세이크리드 기어의 밸런스 브레이커, 카운터 밸런스를 봤는데…… 설마 술법이나 기술까지 튕겨…… 아니, 걷어찰 줄이야. 니무라 양의 카운터 밸런스는 기술과 술법을 튕기거나 궤도를 바꾸는 것 같다.

나는 그런 생각을 하면서 니무라 양을 향해 힘차게 외쳤다.

"하지만 이대로 포기하면 내 체면이 손상된다고! 네 옷을 부술 때까지 몇 번이든 사용해 주지!"

니무라 양은 내 선언을 듣더니 눈알이 튀어나올 것만 같을 정도로 놀랐다.

"진심이에요?! 색골 정신이 경지에 이르렀나 보네요!"

나는 그 말을 무시하면서 니무라 양을 또 잡기 위해 고속으로 움직였다!

"우랏!"

니무라 양이 때때로 발차기를 날렸지만, 색골 근성을 발휘하고 있는 나한테는 통하지 않는다고!

"하앗!"

나는 또 니무라 양의 몸에 손을 대는 데 성공했다! 그리고 손가락을 튕기면서…….

"드레스 브레이크!!"

니무라 양은 또 발차기로 내 기술을 걷어차는 듯한 자세를 취했다.

다음 순간──.

"자, 잠깐만요?!"

아아아아아, 이번에는 로스바이세 씨의 발키리 의상(일성의 적룡제 버전)이이이이이이이이잇! 이리나에 이어, 로스바이세 씨의 옷이 갈가리 찢어졌다!

여전히 몸매 한번 끝내주네! 감사합니다!

"잇세 군도 참!"

로스바이세 씨까지 불같이 화를 냈다!

로스바이세 씨와 싸우던 유라도 뒤통수를 긁적이면서 말로 형용하기 힘든 표정을 짓고 있었다.

나는 로스바이세 씨에게 사과했다.

"죄, 죄송해요! 왠지 포기하면 지는 것 같아서요!"

"단순히 술법을 반사하고 있는 것뿐이에요! 괜한 고집을 부릴 필요는 없어요!"

로스바이세 씨는 그렇게 말했지만……

반사됐다는 것만으로도 충격이라고요! 게다가 이런 방법으로 내 드레스 브레이크를 막을 수 있다니……

나는 개량을 통해 이 점을 보완해야겠다고 속으로 다짐했다.

"아직이야! 아직 멀었다고!"

나는 마음을 다잡은 후, 또 색골 파워로 니무라 양을 상대하려 했다.

그러자 니무라 양도 경악했다.

"더할 건가요?! 정말 끈질기네요! 아니, 그것보다 이 상황 자체를 즐기고 있는 거 아니에요?!"

이제 어떤 식으로 공격할지 생각하고 있을 때, 내가 착용한 인터컴에서 목소리가 흘러나왔다.

──으.

……다음 행동을 시작하려는 것 같았다.

"이번에야말로 성공시킬 생각이었지만── 아무래도 그럴

수 없을 것 같네."

"예?"

니무라 양의 얼굴에 물음표가 떠오르자…….

나는 하늘을 손가락으로 가리키면서 말을 이었다.

"너희는 이 회복 포인트 주변에서 뭔가 할 생각인가 본데……
우리 참모는 여기가 『필요 없다』고 단언했어. 그러니까──."

내가 거기까지 말한 바로 그 순간이었다.

하늘이 찬란히 빛나더니, 무언가가 날아왔다.

그 순간──. 콰콰콰콰콰콰쾅!! ──하면서, 지면이 뒤흔들릴 정도의 충격이 이곳까지 전해져왔다.

니무라 양과 유라가 회복 포인트 쪽을 쳐다보았다.

나는 그런 두 사람을 향해 말했다.

"──부쉈어. 상공에서 대기 중이던 내 동료가 말이야."

비나 씨── 그레이피아 씨가 절대적인 마력 공격을 상공에서 펼친 것이다.

마왕급으로 여겨지던 인물은 간단히 회복 포인트를 파괴했다.

하지만 리타이어 보고가 없는 걸 보면, 하나카이 양은 그곳에 대기하고 있지 않았던 것 같았다.

니무라 양과 유라의 표정이 달라졌다.

"츠바사 씨!"

"알아! 일단 물러나자!"

두 사람은 퇴각하려 했다.

──윽! 도망치려는 거냐! 하지만 그렇게는 안 돼!

로스바이세 씨도 나와 같은 생각인지, 이리나를 향해 이렇게 말했다.

"——이리나 양, 지금이 적당한 타이밍이라고 생각해요!"

그 말을 들은 이리나가 서둘러서 손가락을 빙글빙글 돌리더니 —— 광력으로 된 고리를 만들어냈다.

"응! 알았어! 링!!"

이리나가 니무라 양과 유라를 향해 빛으로 된 링 두 개를 날렸다.

두 사람은 그것을 피하려 했지만—— 링은 유도 성능이 뛰어난지, 고속으로 궤도를 바꾸면서 니무라 양과 유라에게 명중했다.

저 링은 상대방에게 대미지를 주기 위한 게 아니라——.

니무라와 유라의 목에 그 링이 걸렸다.

"——윽! 이게 뭐야?! 목에…… 광력으로 된 고리가?"

니무라 양이 목에 걸린 링을 만지려 하자—— 유라가 주의를 줬다.

"만지지 마, 루루코! 이건 빛으로 만든 거야. 만지기만 해도 손이 타들어 갈 게 뻔해. 일단 이대로 후퇴하자."

"예, 츠바사 씨."

니무라 양과 유라는 목에 빛으로 된 링을 건 채 퇴각했다.

전투를 마친 우리는 한숨 돌렸다.

나는 이리나에게 링에 대해서 물었다.

"이리나, 저 고리가 발동되려면 시간이 얼마나 걸려?"

"……조이는 건 지금도 가능해. 하지만 그 용도로 쓰려면 아마 한 시간 정도 걸릴 거야."

……그 용도로 쓰기 위해서는 시간이 필요한 건가.

"니무라 양과 유라에게 링을 부착했다고 레이벨에게 보고해 두자."

나는 현재 상황을 레이벨에게 보고한 후, 다른 두 사람과 함께 일단 본진에 귀환하기로 했다——.

$$-\circ\ \bullet\ \circ-$$

우리는 전투를 마치고 귀환했다(이리나와 로스바이세 씨는 미리 준비해둔 옷으로 갈아입었다).

그 후, 나는 레이벨에게 물었다.

"니무라 양 일행은 거기서 뭘 하고 있었던 걸까?"

"회복 포인트를 이용한 전술을 준비하고 있었던 걸지도 몰라 요. 하지만 파괴했으니 상대의 몇몇 작전은 봉쇄됐겠죠. …… 물론 저희가 회복 포인트를 파괴하는 것까지 상대가 짠 작전의 일부일 가능성은 존재하지만 말이죠."

……으음, 진상은 알 수 없지만, 이미 파괴하고 말았으니 돌이킬 수 없지.

레이벨은 말을 이었다.

"아마 회복 포인트가 파괴되는 것은 예상했을 거라고 생각해 요. 하지만 파괴되지 않을 가능성도 고려하면서 여러모로 준비 를 하고 있었으며, 니무라 양과 유라 님이 미끼 역할이었을 가능성도 있죠. 상대 본진의 동향이 신경 쓰이는군요."

니무라 양 일행이 미끼였고, 우리가 그녀들에게 유인당한 사이에 본진에서 진짜 목적을 달성한다는 작전인 걸까.

레이벨은 빈틈을 드러내지 않으려고 철저하게 감시하고 있지만……

레이벨의 작전은 상대의 온갖 가능성을 전부 부수는 스타일을 관철하고 있다. '짓밟는다'는 말을 그대로 실천에 옮기고 있는 것이다.

한동안 상대 팀의 움직임이 없자, 남은 시간을 고려해 가면서 앞으로 어떻게 할지를 정하기 위한 작전회의를 하려던 바로 그 때였다.

"——움직임이 있군요."

"……이건……."

반응을 포착한 에르멘힐데와 나키리가 우리에게 보고했다.

나키리는 반응이 포착된 방향—— 한참 떨어진 곳을 쳐다보았다. 그런 그는 말로 형용하기 힘든 표정을 짓고 있었다.

바로 그때, 필드 저편의 상공에서 드래곤을 연상케 하는 검은 불꽃이 휘몰아쳤다.

"저건…… 흑염이야."

제노비아는 하늘로 치솟은 검은 불꽃을 보면서 그렇게 중얼거렸다.

검은 불꽃은 필드의 중앙 부근에서 상공을 향해 치솟은 것 같았다.

──중앙. 내 포격을 맞고 허허벌판이 된 장소다.

나키리가 나에게 말했다.

"……사지 선배예요."

──사지.

……그 녀석이 저기 있는 건가.

레이벨은 눈을 가늘게 뜨면서 말했다.

"……사지 님이 저곳에 계실 것 같은데, 왜 일부러 자신의 위치를 노출한 걸까요……."

검은 불꽃이 또 하늘을 향해 뿜어졌다.

나는 그게 어떤 뜻인지 이해했다. 이해하고 말았다.

……부르고 있는 거야. 사지가 나를 부르고 있는 거라고.

──중앙에서 기다리고 있겠다는 뜻이다.

그래. 사이라오그 씨와 조조의 싸움을 함께 봤잖아. 이해를 못한다는 게 말이 안 돼.

가슴 속이 뜨거워진 내가 중얼거렸다.

"……그래. 알아. 저 녀석이나, 나나, 정말 못 말린다니깐."

나는 레이벨을 향해 말했다.

"레이벨, 다녀올게."

"잇세 님?"

나는 중앙을 손가락으로 가리켰다.

"──저기서 사지가 기다리고 있거든."

이것은 저 녀석 나름의 제안이다. 일대일로 싸우자는 제안 말이다──.

저 녀석이 저렇게 나오고 있으니, 저 녀석의 동료들도 끼어들지 않을 것이다.

레이벨이 입을 열었다.

"······함정이라고 여기는 건 지나친 생각이겠죠?"

"함정? 있을지도 몰라. 하지만 그 녀석은 혼자야. 혼자서 기다리고 있어. ──그렇다면, 나도 갈 수밖에 없어."

보버가 끼어들면서 레이벨에게 말했다.

"참모님, 이건 드래곤과 드래곤의 결투입니다. ──그 결투에는 아무도 끼어들어서는 안 됩니다. 만약 제 주군께서 브리트라 님의 도전을 받아들이지 않는다면, 그것은 평생의 수치로 남겠죠. 그런 일이 벌어져선 안 됩니다!"

보버가 열기를 띤 목소리로 드래곤에 대해 이야기하자, 레이벨은 한숨을 내쉬면서 자신의 뜻을 접었다.

"······알았어요. 지원군도 보내지 않겠어요. 그 대신, 딱 하나만 약속해 주세요."

레이벨은 나를 똑바로 쳐다보면서 말했다.

"──꼭 이겨 주세요."

"그래. 나만 믿어."

나는 그렇게 말한 후, 동료들에게 뒷일을 부탁했다.

······바보 같은 짓이겠지.

팀에서 가장 중요한 『킹』이 적과 결투하려고 최전방으로 나서니까 말이야. 레이벨이 이렇게 우세한 상황을 만들어줬는데, 어쩌면 나 때문에 그게 전부 수포로 돌아갈지도 몰라.

하지만 어쩔 수 없잖아? 어쩔 수 없다고……!

사지가 필드 중앙에서 홀로 나를 기다리고 있는데, 내가 가지 않는다는 선택지 같은 건 존재하지 않는단 말이야!

……나나, 그 녀석이나, 결국 바보야.

어이, 사지. 누가 더 바보인지 정할 결전을 치러보자고——.

Line. Maximum VS Life. Maximum 용왕과^{바보} 용제^{바보}

　──내 이름은 사지 겐시로. 쿠오우 학원 2학년이자, 시토리 회장님의 『폰』이야.

　필드 중앙으로 이동하면서, 나는 사지와 처음 만났을 때를 떠올렸다.

　같은 학년에 『폰』이 있다는 사실을 알고, 나는 기뻤다. 하지만 그 녀석은 나를 보고 한숨을 내쉬었지.

　──나는 변태 3인조 중 한 명인 너와 동급이라는 처지 때문에 자존심에 상처가 생겼다고…….

　짜증 나는 녀석이라고 생각했어. 장기말이 네 개라고 자랑하기도 했었잖아.

　하지만 키바의 이야기를 듣더니, 울면서 협력을 약속해 줬어. 그래서 좋은 녀석이라는 걸 알았다고. 그러고 보니, 나와 사지는 나중에 주인들에게 엉덩이를 두들겨 맞았지.

　나는 떨어진 곳에 있는 사지를 쳐다보면서, 레이벨이 아까 나를 보내주면서 했던 말을 떠올렸다.

　『잇세 님, 솔직하게 말씀드리자면…… 저는 이 상황이 벌어질 것을 예상하고 있었어요.』

레이벨은 그렇게 말한 후, 말을 이어갔다.

『사지 님이 잇세 님과의 대결에 개인적인 감정을 품고 있다는 것은 양 팀의 모든 멤버들이 알고 있죠. 그러니 상황에 따라서는 소나 님이 사지 님과 잇세 님의 일대일 대결을 허락할지도 모른다고 예상했어요. 그 이유는—— 잇세 님도 아실 거예요.』

『그래. 소나 선배는—— 쿨해 보이지만, 리아스에 버금갈 정도로 정이 많아. 그러니 사지의 소망을 들어주고 싶을 거야.』

소나 선배도 권속을 아낀다. 사지가 레이팅 게임에서 높으신 분들에게 인정받았을 때도 눈물을 흘렸다는 이야기를 들은 적이 있다.

레이벨이 말했다.

『일대일로 싸우는 편이 다수의 적에게 잇세 님이 협공을 당하는 것보다 안전할 것 같지만—— 오히려 반대죠?』

『당연하지. ——그 녀석은 협공을 할 때보다 혼자서 나와 싸울 때 훨씬 무시무시할 거야. 그런 녀석이거든. 소나 선배는 그 점을 명확하게 파악하고 있어.』

그렇다. 그 녀석도, 나도, 그런 타입의 악마다.

라이벌에게 동료들과 함께 협공을 한다면 텐션이 바닥까지 떨어질 것이다. 설령 그게 작전일지라도, 마음속으로는 라이벌과의 일대일 대결을 바랄 테니까 말이다.

그 녀석은 이미 갑옷을 걸치고 있었다. 나 또한—— 이곳으로 오면서 진홍색 갑옷을 장착했다.

진홍의 천룡과—— 칠흑의 용왕이 대치했다.

이미 우리 사이의 공간은 위압감에 의해 일그러지고 있으며, 공기 또한 떨렸다.

"사지, 기다렸지?"

내가 그렇게 말하자, 사지는 흥분에 휩싸인 것처럼 온몸을 부르르 떨었다.

"……그래. 오래 기다렸다고. 그때부터, 쭉, 쭉 말이야."

나와 사지는 갑옷 차림으로 서로를 노려보고 있었다. 그리고 이곳은 우리만의 전장이 아닌 것 같았다.

——브리트라가, 입을 열었다.

『내 이름은 브리트라. 용의 왕 중 하나로 일컬어지는 드래곤이다. 적룡제 드래이그에게 결투를 신청한다.』

그것은…… 결투 신청이었다.

내 안의 드래이그가 그 말을 듣더니 유쾌하게 웃음을 흘렸다.

『……내 앞에서 자기 이름을 밝힌 거냐, 브리트라. 크크큭, 이렇게 당당하게 내 앞에서 이름을 밝히는 자를 보는 건 정말 오래간만이구나. 자아, 파트너. 이제 물러설 수는 없다.』

드래이그가 용맹한 목소리로 말했다.

『——드래곤이 드래곤에게 자기 이름을 밝힌 이상, 물러설 수는 없다. 한 쪽이 쓰러질 때까지, 싸울 수밖에 없단 말이다!』

드래이그가 하늘을 찌를 듯한 울부짖음을 터뜨렸다!

『내 이름은 드래이그. 천룡 중 하나로 일컬어지는 드래곤이다. 「프리즌 드래곤」 브리트라의 도전을 받아들이겠다!!』

다음 순간, 나와 사지의 온몸이 농밀한 아우라에 감싸였다.

열기, 열의, 전의, 적의, 정열, 정념(情念), 집념——. 온갖 감정이 샘솟으면서 우리의 몸에서 뿜어져 나오고 있는 것이다.

더는 말이 필요 없다.

'싸우자.', '자, 시작해 볼까.' 같은 소리를 할 레벨이 아니다. 이미 승부는—— 맞짱은 시작된 것이다!

우리가 주먹을 말아 쥔 바로 그 순간이었다.

……억누를 수가 없는 감정의 파도가 나를 덮쳤다.

……1년 전, 나는 사지, 너한테 당했었다고.

그 후로 나는…….

분해서, 분해서…….

……몇 번이나 너를 다시 날려버리는 날을 상상했다. 너를 완벽하게 쳐부수는 망상을 몇 번이나 했다.

……어이, 친구? 감히 리아스 앞에서 내 얼굴에 먹칠을 해? 그런 쪽팔리는 짓을 어떻게 잊냐고……!!! 지금도 기억의 밑바닥에 들러붙어 있단 말이다……!!!

그런 네가…… 망상이 아니라, 진짜 네가 내 눈앞에 있다——.

——드디어, 그때의 설욕을 할 수 있겠군.

마치 일주일 동안 단식한 후, 눈앞에 좋아하는 음식이 있는 것처럼…… 나는 그대로 달려들고 싶어서 죽을 것만 같았다.

그리고 서로가 대치한 채, 잠시 동안 침묵에 잠긴 후——.

누가 먼저 달려든 건지는 모르겠지만, 인식한 순간에는——.

"하아아아아아아아아아아아아아아아아아아아아아아앗!!"

"오오오오오오오오오오오오오오오오오오오오오오오옷!!"

우리는 고함을 지르면서 눈앞에 있는 라이벌을 향해 몸을 날렸다!!!

첫 한 방은—— 서로의 얼굴을 향해 날린 안면 펀치였다!

갑옷의 투구가 부서질 정도의 충격이 서로의 뇌에 전해졌다.

우리는 그 충격에서 벗어나지 못한 채로 또 서로에게 주먹을 날려댔다!

내 안면에 사지의 주먹이 꽂혔고, 사지의 안면에 내 주먹이 꽂혔다! 그렇게 서로의 얼굴에, 얼굴에, 얼굴에, 얼굴에, 얼굴에, 얼굴에, 주먹을 날려댔다!!

"효도오오오!!!"

"사지이이이이이이이이이이이이이이이이이이이이이아아아아아아아아아아이이이이이이이이이이이이이이이이이!!!"

아예 우리는 서로의 어깨를 잡아서 도망치지 못하게 한 채, 안면에 펀치를 날려댔다! 어깨—— 아니, 멱살을 잡은 우리는 완전히 밀착된 상태에서 서로의 안면에 주먹을 날려댔다!

주먹을 그저 안면에! 주먹을 그저 최선을 다해 안면에! 힘이 잔뜩 실린 주먹을 저 자식의 면상에 날려댄다!! 최대한 빠르게 자신의 주먹을 상대의 안면에 날려대기만 하는 작업을 하고 있었다!

안면 펀치로 시작된 싸움은——— 안면 펀치만으로 계속됐다!

이 광경을 본 실황 아나운서가 절규를 터뜨렸다.

《맙소사아아아아아아앗?! 이게 대체 뭡니까아아아아아앗!!! 필드 중앙에서 벌어지고 있는 것은——— 서로의 안면에 펀치만 날려대는 원시적인 싸움입니다!!! 붉은 용제와, 검은 용왕이! 뭔가에 홀린 것처럼 서로의 얼굴에 펀치를 날려대고 있습니다!!! 보십시오!!! 오가는 주먹만으로 모든 관객들이 벌떡 일어나게 만들었습니다!!!》

자신의 얼굴이 어떻게 되어 있는지는 상상조차 하고 싶지 않지만, 분명 사나이다워졌을 것이다. 내가 두들겨 패고 있는 이의 얼굴도 사나이다운 풍모로 변해가고 있으니까 말이다!

지금까지 쌓인 울분을 전부 털어버리려는 듯한 안면 펀치의 응수가 계속됐다! 나도, 사지도, 처음 만났을 때부터 서로에게 할 말이 잔뜩 있었다. 그로부터 1년이 지나는 사이, 할 말이 더욱 쌓여만 갔고———.

어느새 우리는 그런 걸 소리 내서 말하는 것 자체가 꼴사납게 느껴지는 사이가 되었다.

하지만 알 수 있다. 알 수 있다고, 사지! 나도, 너도, 서로의 얼굴에 펀치를 날리고 싶어서 죽을 지경이잖아!!

믿음직한 동료, 밉살스러운 동기, 최고의 친구, 질투의 대상———.

모든 감정이 뒤섞인 우리가 할 수 있는 건—— 안면에 펀치를 날리는 것뿐이다.

300발…… 400발이 넘었을 즈음, 코가 부러지고, 눈도 부었으며, 입안은 피로 범벅이 됐다.

우직할 정도로, 실황 아나운서가 말한 것처럼 뭔가에 홀린 듯이, 집요하게, 얼굴에 펀치를 날려댔다!

겨우 자세가 무너지며 서로에게서 떨어지자—— 만신창이가 된 채 숨을 헐떡거리는 두 사람만이 이곳에 존재했다. 스태미나나 여력 같은 것은 전혀 개의치 않았다.

——그런 건 아무래도 상관없어……!!! 먼저 쓰러진 쪽이 지는 심플한 승부니까 말이야……!!!

나와 사지는 얼굴이 부은 채 씨익 웃었다.

"——꼴좋네, 효도."

"그건 내가 할 말이야, 사지. 네 얼굴도 장난 아니거든?"

한참을 웃은 후, 사지는 숨을 들이마셨다.

그리고 사지는 내 안면을 두들겨 패면서 외쳤다.

"나는 네가 미웠어——!!!! 언제 어느 때나 항상 네가 앞서 나갔잖아!!!"

나도 사지의 안면에 주먹을 꽂으면서 외쳤다.

"나도 너를 해치우고 싶었다고——!!!! 앞서 나가? 헛소리 하지 마. 내가 본격적으로 나아가려고 한 순간, 네가 내 발목을 잡았잖아! 그래서 너보다 앞서고 싶어진 거라고!!!"

우리가 동시에 날린 펀치가—— 크로스 카운터 느낌으로 서로의 얼굴에 깊숙이, 깊숙이, 박혔다!!!

우리는 그대로 뒤쪽으로 튕겨져 나갔지만, 곧 균형을 잡은 나와 사지는 감정에 휩싸인 채 주먹다짐을 다시 시작했다!

"이 빌어먹을 자시이이이이이이이이이이이이이익!!!"

"네가 더 빌어먹을 놈이라고오오오오오오오오오오오!!!"

우리는 언성을 높이면서—— 또 서로의 안면에 펀치를 날려대기 시작했다!

그런 내 주먹에는 아우라가 맺혔고, 사지의 주먹에는 흑염이 맺혔다!

온몸을 휘감은 검은 불꽃 때문에 화상을 입으면서도…… 나는 아우라가 담긴 주먹으로 사지의 안면에 계속 주먹을 날렸다!

실황 아나운서가 이 상황을 보더니 또 고함을 질렀다!

《이럴 수가아아!! 또 시작했습니다!! 안면에 펀치를 날려대기만 하는 싸움!!! 정말 말도 안 되는 싸움이군요오오오오!!》

인정사정없는 펀치가 얼굴에 연달아 꽂힌 탓에 때때로 의식이 멀어질 것 같았지만…… 나는 필사적으로 버텼다! 그리고 가슴속에서 샘솟는 이 뜨거운 마음을 주먹에 담아, 사지를 계속 두들겨 팼다!!

천룡과 용왕의 대결인 만큼, 주먹다짐만 하고 있는데도 주위에 엄청난 영향을 끼쳤다. 땅은 갈라졌으며, 한참 떨어진 곳에 있는 나무조차 충격파에 의해 박살이 날 지경이었다.

나는 팔을 거대하게 만드는 솔리드 임팩트 상태에서 사지의 안면에 몇 번이나 펀치를 날렸다. 이 두꺼운 팔로 날리는 펀치는 강렬한지, 사지도 비틀거렸지만…… 그는 다수의 라인을 오른팔에 두르더니, 흑염에 감싸인 펀치를 내 안면에 꽂았다.

이제 통증조차 느껴지지 않았다. 이미 죽은 것은 아닐까 싶을 정도의 펀치를 서로에게 날려댄 것이다.

서로의 안면에 셀 수도 없이 펀치를 날려대며 펼쳐진 승부는 결국 그 때를 맞이하였다. 몇 번을 날렸는지 생각도 나지 않는 솔리드 펀치가 사지의 얼굴에 꽂힌 순간, 나는 제대로 대미지를 가했다는 느낌을 받았다.

그런데도 내가 다음 펀치를 날렸지만—— 내 일격은 허공을 갈랐다.

——사지가 무너진 것이다.

사지는—— 쓰러진 채, 꼼짝도 하지 않았다.

《안면 펀치 대결 끝에, 사지 선수가 드디어 다우우우우우우우우우운!!!》

실황 아나운서가 고함을 질렀다.

……나는 방금 그 펀치로 사지의 의식을 날려버렸다는 확신을 가질 수 있었다. 사지는……. 이대로 리타이어의 빛에 휩싸여서 사라져버릴 것인가.

내가 쓰러진 친구를 내려다보고 있을 때, 실황 중계석에서 무슨 일이 일어난 것 같았다.

《어이쿠! 정체불명의 소녀가, 마이크를 한 손에 쥐며 실황 중계석을 점거했습니다!》

필드 상공에 관객석이 표시됐다. 그러자── 마이크를 쥔 사지의 여동생이 실황 중계석에 서 있는 광경이 눈에 들어왔다.

《죄송하지만 저는 사지 겐시로의 여동생이에요. 잠시만 마이크를 빌릴게요.》

마이크를 손에 쥔 여동생이 말을 시작했다.

《겐 오빠…… 듣고 있어? 오늘 말이지. 유치원 선생님한테 들었어. ──겐고가 이겼대. 자기를 괴롭히던 남자애한테 이겼단 말이야!》

여동생의 눈가에 맺힌 눈물이 볼을 타고 흘러내렸다.

《겐고는 이겼는데, 겐 오빠가 이렇게 뻗어 있으면 폼이 안나잖아! 일어나! 일어나란 말이야, 오빠!!!》

여동생의 목소리가 필드 전체에 울려 퍼졌다.

그 순간이었다──.

사지가 서서히 움직이기 시작하더니, 비틀거리면서 몸을 일으켰다. 표정이 풀린 사지는 의식이 없는 것 같았지만…….

……그렇다. 의식은 예전에 잃었다. 그렇게 흠씬 두들겨 맞았으니까 말이다.

하지만 사지의 퉁퉁 부은 눈, 그리고 그 안에 존재하는 눈동자는── 활활 타오르고 있었다.

사지의 온몸에서 믿기지 않을 정도의 흑염이 피어오르더니, 다시 갑옷을 형성했다.

나는 그 광경을 보면서, 사지의 여동생이 했던 말을 떠올렸다.

──아마 겐 오빠는 겐고에게 아빠와 엄마가 어떤 삶을 살았는지 보여주고 싶은 걸 거예요.

──아빠 엄마의 몫까지 멋을 부리고 싶은 게 아닐까요.

……그래, 사지. 이해해. 너는 보여주고 싶은 거지? 네 멋진 모습을 여동생에게, 그리고 언젠가 남동생에게도 말이야!

──효도, 나는 선생님이 되고 싶어.

……응. 응. 알아, 사지. 그럴 거야. ……나도, 너도, 야망을…… 꿈을 가지고 여기까지 달려왔어. 게다가 너에게는── 지켜야 하는 가족이 있잖아.

그러니까, 이대로 뻗어있을 수 없는 거지?!

브리트라의 목소리가 들렸다.

『……그래. 일어설 것이냐, 내 분신이여. 의식이 흐려졌다 한들, 너 또한 사룡이었지. 그렇다면 잘 보거라, 적룡제여!!! 효도 잇세이, 그리고 드레이그여!!』

브리트라는 하늘을 찌를 듯이 울부짖었다. 그 냉철한 브리트라가 감정을 드러낸 것이다.

『우리는 사룡!!! 설령 몸의 절반이 떨어져나갈지라도, 의식을 잃을지라도!!! 집념, 그 일념만으로 우리는 움직인다!!! 천룡을 막아설 수도 있는 존재인 것이다!!!』

사지의 몸에서 상상을 초월할 정도의 검은 불꽃과 아우라가 샘솟았다.

나는 그 모습을 보면서 결의를, 각오를 다졌다.

"……응. 그래. 그랬지. 너는, 너희는 그런 녀석들이었어."

나는 인터컴을 통해 레이벨에게 말을 걸었다.

"레이벨, 듣고 있지?"

『예.』

"미리 사과할게. ──시합 후반에 쓸지도 몰랐던 『용신화』를 이 자리에서 써야겠어."

『──윽!』

레이벨은 깜짝 놀란 것 같지만, 곧 상황을 이해한 것 같았다.

『……사지 님과 결판을 내리려는 거군요?』

"……여전히 바보 같은 『킹』이라 미안해. 상황이 이렇게 됐으니, 나는 이 녀석과 갈 때까지 가는 수밖에 없어. 그럴 수밖에 없다고……!"

──물러설 수 없어. 물러설까 보냐!!

……지금 물러섰다간, 나는 사지와 사이라오그 씨를 볼 면목이 없어진다고!!!

이 녀석의 모든 것을 받아주지 않는다면, 나는 이 녀석의 『친구』라고 두 번 다시 자처할 수 없어!!!

『알고 있답니다. 저는 잇세 님이 그런 면에 끌려서, 당신의 권속이 되었으니까요.』

레이벨은 내 결의를 이해해 줬다.

"고마워, 레이벨."

나는 레이벨에게 고맙다고 말하면서 통신을 끊은 후, 드래이그에게 말을 걸었다.

"자, 이제부터 본격적인 싸움이 시작될 것 같아. 가자, 드래이그!"

『크크크, 항상 그랬지 않느냐. 알고 있다고.』

드래이그는 진심으로 즐거워했다. 드래이그 또한 드래곤과 드래곤의 결투를 마음껏 즐기고 있는 것 같았다.

"그럼 드래이그, 지금 부분적인 『용신화』를 한다면 몇 번이나 쓸 수 있을까?"

『완전히 회복되지 않았으니, 몇 번이나 쓰는 건 무리겠지. 어쩌면 단 한번에──.』

"버텨! 아니, 함께 버티자!!! 이 녀석들을 쓰러뜨리기 위해서는 그 방법뿐이야!!! 안 그러면, 이 집념을 끊어버릴 수 없어!!"

사지는 주먹을 말아 쥐더니 제2라운드를 벌이려 했다.

그래. 기다리게 해서 미안해, 사지. 자아, 주먹다짐을 다시 시작해 보자고. 지금 우리가 할 수 있는 건 그것뿐이니까 말이야. 우리의 이 마음을 풀기 위해서는 그 방법뿐이니까──.

"덤벼라, 사지이이이이이이이이이이이이이이이이이이이!!!"

나는 그대로 정면에서 달려들었고…….

"크아아아아아아앗! 효도오오오오오오오오오오오오오오!!!"

반쯤 의식을 잃은 사지도 나를 향해 달려들었다!!

우리는 또 서로의 안면을 향해 펀치를 날려댔다!

그 이외의 선택지는 현재 아무런 의미가 없다. 우리가 할 수 있는 공격이라고는 이것뿐이다!

사지는 대량의 라인을 두 손에 두르더니, 아우라와 흑염을 최대한 끌어올렸다!

사지가 저 상태에서 날리는 펀치가 내 온몸을 극심한 통증과 열기로 감쌌다!

드레이그가 혀를 내둘렀다.

『아직도 이 정도의 라인을……! 어이없을 정도로 끈질기구나!』

나는 결판을 내기 위해 주문을 읊조렸다.

『──칠흑빛 무한의 신이여! 혁혁(赫赫)한 몽환의 신이여! 제애(際涯)를 초월하는 우리의 촌각의 금(禁)을 지켜보거라!』

"『《Dragon ∞ Drive!!!!!!》』"

오른손이 부분적으로 용신 형태가 되었다!

"질까 보냐아아아아아아아아아아아아아아아아아아앗!!"

나는 그 용신의 주먹으로 사지의 안면을 때렸다!! 가격한 순간, 사지는 움직임을 멈췄다. 가격 순간에 발생한 충격은 지면을 파괴하며, 커다란 구덩이를 만들어냈다.

"……나…… 회장님……."

부분적으로 용신화를 한 내가 날린 일격을 맞은 사지가 비틀거리면서 뒷걸음질 쳤다. 한 걸음, 한 걸음 뒤쪽으로 물러났다.

그런 사지가 잠꼬대를 하듯 이렇게 중얼거렸다.

"……약속했으니까…… 선생님이, 되겠다고…… 회장님과………… 카호…… 겐고……."

사지는 그렇게 중얼거리더니, 그대로 우뚝 멈춰 섰다.

그리고——.

"……내가…… 아빠와 엄마 몫까지………… 내가…… 내가……!!!"

검은 불꽃이 세 번, 불타올랐다——.

"——선생님이 되겠어!!!"

하늘을 올려다보며 울부짖은 사지가 검은 아우라를 또 발생시켰다.

……그야말로 압권이었다.

사지의 체력은 한계에 도달했을 것이다. 의식도 몽롱하며, 정상이 아니다. 고통도 느끼지 못하리라.

그런데도, 너는…….

드래이그가 말했다.

『……오호라, 집념인가. 인간의 집념만큼 무서운 것은 없다만…… 이런 집념은 오래간만에 보는구나. 설령 악마로 전생했더라도, 이 강한 마음은 인간의 정신에서 유래한 것이겠지.』

……그래. 사지는 누구보다 인간다운 녀석이야. 그렇기 때문에, 나는 저 녀석을 좋아하는 거라고.

『——다음이 마지막 「용신화」다! 어디를 변신시킬 것이냐, 파트너!』

드래이그가 그렇게 물었지만, 이미 대답은 정해져 있다! 다른 곳을 변신시킬 리가 없잖아!

"그야 물론 주먹이지이이이이이이이이이이이!!!"

주먹을 또 용신화시킨 내가—— 사지를 향해 그 주먹을 휘둘렀다!

사지의 의지가 담긴 일격이라고도 할 수 있을, 흑염으로 범벅이 된 주먹이 먼저 내 얼굴에 꽂혔다.

나는 의식을 잃을 뻔했지만, 어찌어찌 버텨냈다. 그리고——용신화를 한 주먹을 사진의 안면에 꽂자, 그는 그대로 뒤편으로 튕겨 날아갔다.

지면에 쓰러진 사지는 다시 일어서지 못할 거라고 생각했지만——.

"……효, 효……도……."

——윽!

……사지는…… 아직 움직였다. 너란 녀석은 이렇게 엄청난 집념을 가지고 있었던 거냐……!!!

실황 아나운서도 이 광경을 보고 경악했다.

《또 일어섰습니다. 사지 선수, 또 일어섰어요!!! 어마어마한 집념입니다!!! 관객 여러분 전원의 말문이 막히고 말았습니다!! 그를 이렇게까지 하게 하는 것은 과연 무엇일까요?!》

하늘에 비친 영상에는 실황 중계석 인근에서 오열하고 있는 여동생이 비치고 있었다.

일어서려다 넘어진 사지는 다시 일어서려 하다 바닥을 굴렀다. 몇 번이나 바닥을 구른 끝에 사지는 겨우겨우 몸을 일으켰

지만…… 무릎이 후들후들 떨리고 있었으며, 눈의 초점도 맞지
않았다.

　……사지는 이미——.

　하지만 너는…… 이런 녀석이었지. 자신의 패배가 확실한 상
황에서도, 사지 겐시로라는 내 동기는, 내 친구는——.

　갑자기 검은 뱀이 모습을 드러냈다. ——조그마한 형태로 현
현한 브리트라였다.

　브리트라는—— 쉴 새 없이 눈물을 흘리며 말했다.

『……결정타를…… 내 분신에게 결정타를 날려다오. ……이
제 텅 비었다. 전부 다 쏟아냈어. 이제 조그마한 불씨도 만들어
낼 수 없지. ……그런데도, 내 분신은 멈추지 않을 거다.』

　브리트라가 말한 것처럼, 사지는 한 걸음, 또 한 걸음, 전진했
다.

　이제 싸울 힘이 없는데도, 의식이 없는데도, 사지는—— 사지
는…… 나와 싸우려 했다……!

　브리트라는 이 광경을 보면서 나에게 말했다.

『……친구인 적룡제의 손으로 마무리를 해다오……. 부탁이
다…….』

　나는…… 주먹에 힘을 주며 사지의 앞에 섰다. 사지는 반사적
으로 주먹을 말아 쥐며…… 나를 향해 느릿느릿 펀치를 날리려
했다. 이제 손에 힘을 주지도 못하고 있었다.

　"……효도…… 소나 회장님…… 다들…… 카호, 겐고……."

　나는, 사지를 꼭 끌어안은 후, 그의 복부에 주먹을 꽂았다.

그렇게, 조용히 결판이 났다——.

사지의 몸은 부르르 떨리더니, 팔이 힘없이 축 늘어뜨려졌다.

나는 사지를 꼭 끌어안았다……. 눈물이 멎지를 않았다——.

"사지……."

얼굴이 엉망진창으로 변한 사지가—— 미소를 짓고 있었다. 모든 것을 다 쏟아낸 끝에 져서 만족했다는 듯한 미소였다.

내 품에 안긴 친구가 나에게만 들릴 목소리로 이렇게 말했다.

——고마워.

사지는 그 말을 남긴 후, 리타이어의 빛에 휩싸였다.

"사지……."

나는 마지막 순간까지, 친구를 꼭 끌어안았다.

"……바보 자식…… 그건 내가 할 말이야……."

사지의 감촉이 사라지고, 승부가 갈린 후에도, 나는—— 하염 없이 눈물을 흘렸다.

Final Line. 학생회와 레비아탄

잇세 군과 사지 군의 충격적인 일전을 지켜본 나── 키바 유우토는 시합장의 관전실에서 게임의 추이를 동료들과 함께 지켜보았다.

잇세 군에게 맞서 싸울 수 있는 유일한 존재인 사지 군을 잃은 탓에 시트리 권속의 패색은 짙어졌다. 그래서 숨어있을 의미도 없어진 것인지, 시트리 팀의 멤버들이 행동하기 시작했다.

시트리 측의 남은 멤버들이 잇세 군 팀의 본진으로 쳐들어오더니, 각지에서 전투가 벌어졌다.

이 관전실에서는 리아스 그레모리 팀과 시그바이라 아가레스 씨 팀의 멤버가 모여 있었다.

리아스 누나와 시그바이라 씨는 압도적인 화력 차이를 소나 선배가 어떻게 뒤집는가에 주목하고 있었지만…….

레이벨 씨가 세운 작전…… 전략이 시트리 측을 완전히 옭아맨 듯한 형국이 되면서 거의 일방적으로 게임이 전개되자, 관전실 안은 정적만이 흘렀다.

리아스 누나와 시그바이라 씨도 굳은 표정으로 아직 침묵에 잠겨 있었다.

우리는 주인이 입을 열 때를 기다리면서, 모니터 안에서 펼쳐지고 있는 싸움을 지켜보았다.

바위 밭에서 싸우고 있는 이는—— 늑대인간으로 변신한 루갈 씨와 흡혈귀인 에르멘힐데 양이었다!

강렬한 마법 공격을 사용하는 루갈 씨는 늑대인간이라 신체능력도 뛰어났기에, 에르멘힐데 양에게는 벅찬 상대다.

박쥐 같은 사역마로 루갈 씨의 공격을 빗겨내고 있지만, 곧 한계에 도달할 것이다. 대미지를 가하려 해도, 늑대인간의 맷집과 뛰어난 재생력을 가진 루갈 씨를 쓰러뜨리는 것은 웬만한 흡혈귀에게는 불가능했다. 게다가 루갈 씨는 마법으로 자신의 신체능력을 향상시켰다. 그 탓에 에르멘힐데 양은 결정타를 날리지 못했다.

결국 에르멘힐데 양은 바위 밭 구석에 완전히 몰리고 말았다.

『카른슈타인의 딸, 예상 이상의 힘을 발휘하기는 했지만——슬슬 처리해 주지.』

루갈 씨는 마법으로 공격력을 상승시킨 두 팔로 공격 태세를 취했다. 에르멘힐데 양을 해치울 심산인 것 같았다.

하지만 궁지에 몰린 에르멘힐데 양은 미소를 짓고 있었다.

『……아뇨, 이제부터 시작이에요. 저도 그럼 비장의 카드를 써 볼까요.』

에르멘힐데 양은 주위에 소형 마방진을 전개하기 시작했다! 그리고 그 마방진에서 모습을 드러낸 것은 —— 15센티미터 정도 되는 은색 인형이었다! 그 인형은…… 로봇 같이 생겼는데…….

『——인형?』

루갈 씨도 에르멘힐데 양의 갑작스러운 행동에 의아한 반응을 보였다.

바로 그때, 시합을 관전하던 시그바이라 아가레스 씨가 벌떡 일어섰다.

그녀의 얼굴은—— 경악으로 물들어 있었다. 그런 아가레스 씨가 떨리는 목소리로 말했다.

"……에르멘힐데 양, 당신…… 설마!!!"

모니터에 비친 에르멘힐데 양이 은색 인형에게 명령을 내렸다!

『저의 병사들, 당신들의 힘을 보여주세요!』

은색 인형이 의지를 지닌 것처럼 움직이더니, 손에 든 검과 총을 치켜들며 루갈 씨를 향해 돌격했다!

인형이 휘두른 검에 베인 루갈 씨는 다친 곳에서 연기가 피어오르는 광경을 보고 경악했다!

그와 동시에 고통에 찬 표정을 지었다!

『이건—— 은으로 된 건가?!』

루갈 씨가 고함을 질렀다.

인형들은 루갈 씨를 향해 총을 쏘았고, 소규모지만 확실하게 대미지를 입혔다.

은으로 만든 인형?! 나 또한 이 상황을 보고 깜짝 놀랐다. 확실히 은이라면 늑대인간에게 대미지를 입힐 수 있을 것이다.

에르멘힐데 양은 희희낙락하면서 이렇게 말했다.

『예. 저희 같은 인형의 존재에게 은은 기피해야 할 대상 중 하나죠. 특히 당신 같은 수인(獸人)── 늑대인간 일족에게는 맹독이나 다름없는 금속이에요. 그리고 저는 직접 만지지 않고 이능으로 조종하고 있으니 문제가 될 게 없죠.』

공세에 나선 에르멘힐데 양의 모습을 본 시그바이라 씨가 신음을 흘렸다.

"저 은제 인형…… 던감과 비슷한 형태를 지녔어. 게다가 저 공격 방식으로 볼 때, 영향을 받은 건, 최신작인 『철골의 돌핀즈』!! 그 작품의 던감은 빔 병기를 쓰지 않고, 물리 공격과 구식 중화기로 싸우거든!!"

시그바이라 씨는 물 만난 고기처럼 빠른 어조로 혼잣말을 늘어놓았다.

옆에 있는 리아스 누나와 아케노 씨는 시그바이라 씨의 혼잣말을 이해하지 못하는지 그저 어안이 벙벙한 표정을 짓고 있었다.

시그바이라 씨는 천장을 올려다보며 진심으로 분한 듯한 표정을 짓고 있었다.

"하지만 은제 던감…… 거기까지는 생각이 미치지 못했어. 말이 안 되는 것도 아닌데 말이야. 애초에 합금으로 만든 던감 장난감이야말로 원조──."

양손으로 얼굴을 가린 시그바이라 씨가 알아듣지도 못할 말을 늘어놓고 있는 가운데…….

아가레스 권속의 『퀸』인 아리비앙 씨가 빙긋 웃으면서 이렇게 말했다.

"아무래도 시그바이라 님께서는 자기만의 세계에 빠지신 것 같군요……. 그러니 개의치 마시고 시합을 계속 관전해 주십시오."

관전실에서 이런 일도 벌어지고 있는 가운데…….

리아스 누나는 진지한 표정으로 이렇게 말했다.

"……잇세와 시그바이라만이 아니라, 에르멘힐데까지 빠져든 『던감』……. 왠지 흥미가 생겨."

"……저는 『퍼스트』와 『M』과 『QQ』를 좋아해요."

코네코가 은근슬쩍 그런 말을 했다.

"낭군님과 취미를 공유하기 위해서라도, 봐야 하겠네……."

아케노 씨까지 턱에 손을 대면서 진지한 어조로 그렇게 말했다.

……아아, 시그바이라 씨가 리아스 누나와 다른 사람들에게도 영향을 끼치고 있는 것 같았다. 왠지 『D×D』 멤버 전원이 영향을 받을 것 같았다.

관전실에서 이런 대화가 오고가는 가운데, 다른 모니터에도 전투 영상이 표시되고 있었다.

시트리 팀의 『나이트』이자 사신인 벤니아 양이 잇세 군의 신하인 보버 씨와 대결을 벌이고 있었다. 벤니아 양은 사신 특유의 가벼운 움직임으로 보버 씨의 화염을 전부 피하고 있었다.

『훗훗훗, 그런 어설픈 공격에는 안 맞아요.』

『으으으윽! 건방지구나!』

벤니아 양의 재빠른 움직임을 본 보버 씨는 짜증을 냈다.

상성 면에서 볼 때 벤니아 양이 유리해 보였다.

다른 모니터에서는 시트리 팀의 뉴페이스── 호데리 군(울상)이 이리나 양과 싸우고 있었다.

『천사 누나! 천사라면 좀 봐달라고요!』

『안 돼! 이건 시련이야! 내가 하늘을 대신해 너를 인도해 줄게! 아멘!』

호데리 군은 소극적이지만, 이리나 양과 정면대결을 펼치고 있었다. 중학생이지만 장래가 유망한 검사라는 생각이 들었다.

그리고 다른 모니터에서 펼쳐지고 있는 전투에서는── 레이벨 양과 아시아 양이 신라 선배에게 궁지에 몰리고 있었다!

본진 인근의 숲으로 대피한 레이벨 씨는 불꽃의 날개를 펼치더니, 아시아 양을 지키듯 신라 선배에게 맞서고 있었다.

언월도를 쥔 신라 선배는 자신의 밸런스 브레이커인 망향의 다과회──『노스탤지어 매드 티 파티』를 발동시키기 위해, 이능으로 커다란 거울을 만들어냈다.

저게 가능하다는 것은 밸런스 브레이커의 발동 조건이 달성된 것이리라.

저 거울에서 마물이 나왔으니, 레이벨 양과 아시아 양에게 승산은 거의 없었다. 저 마물들은 강력한 특수능력을 넓은 범위에 방출할 수 있으니까.

하지만 레이벨 양은 냉정함을 유지한 채 품속에 있던 어떤 물건── 얇은 책을 꺼냈다.

표지에 일러스트가 그려져 있는 매우 얇은 책이었다.

레이벨 양은 그것을 신라 선배에게 보여주며 이렇게 말했다.

『──이게 뭔지 알겠나요?』

신라 선배는 안경을 고쳐 쓰면서 영문을 모르겠다는 눈길로 그 책을 쳐다보더니…….

다음 순간, 화들짝 놀라며 경악했다!

『──윽! 서, 서서서서서서서서서서서, 설마, 그건……! 어떻게 이런 일이……!』

신라 선배는 책을 손가락으로 가리키더니, 믿기지 않는다는 것처럼 온몸을 부들부들 떨었다.

레이벨 씨는 자신만만한 미소를 지으며 설명을 시작했다.

『이건, 신라 츠바키 님이 창작해서, 쿠오우 학원에 몰래 유통한 초 레어 동인 소설이에요. 겨우 다섯 권밖에 인쇄되지 않았던, 아는 사람만 아는 작품──「하이스쿨 K×I」랍니다.』

신라 선배는── 얼굴이 새파랗게 질린 채 온몸을 부들부들 떨었다.

레이벨 양이 그렇게 말한 순간, 나는 일전에 레이벨 양이 나와 잇세 군에게 직접 사과를 하면서 했던 말을 떠올렸다.

『잇세 님과 키바 님에게 미리 용서를 구해야 할 것 같아요.』

레이벨 양은 그렇게 말하면서 나와 잇세 군에게 고개를 숙였다. 진심으로 미안한 눈치라서, 나와 잇세 군은 서로를 쳐다보며 영문을 모르겠다는 반응을 보였다.

『용서? 나와…… 키바한테 말이야?』

『혹시, 시트리 팀과의 시합과 연관이 있는 거야?』

잇세 군과 내가 그렇게 물었다.

그녀는 고개를 끄덕였다.

『예. 경우에 따라서는 두 분의 우정에 상처를 낼지도 모르겠어요…….』

레이벨이 머뭇거리면서 그렇게 말하자, 잇세 군은 웃으면서 이렇게 대답했다.

『뭐, 이제 와서 무슨 일이 일어나든 나와 키바의 사이가 틀어질 것 같지는 않지만……. 이번 대회에서 다른 팀이 되기는 했지만, 그것 때문에 우리가 다툴 일은 없다고.』

『응. 같은 주인의 권속이라는 사실에는 변함이 없잖아. 하지만 레이벨 양은 그걸 알면서도 미리 우리에게 용서를 구하는 거지?』

내가 확인 삼아 그렇게 말하자, 그녀는──.

『예.』

──하고 말하며 고개를 끄덕이긴 했었는데…….

레이벨 양은 신라 선배가 보는 앞에서 그 얇은 책을 펼쳤다.

신라 선배는 더욱 동요했으며, 울먹이기까지 했다.

『앗! 그걸 왜 펼치는 거죠?! 서, 서, 설마! 당신! 제, 제가 생각하는 짓을 하려는 건 아니죠……?』

신라 선배가 부들부들 떨면서 그렇게 말했지만, 레이벨 양은 호흡을 가다듬은 후, 책을 쳐다보면서 읽기 시작했다.

『……「역전의 순간이 찾아왔다. 평소 야수라 불리던 소년이, 학교 제일의 프린스── 키바 유우토 앞에서 황홀경에 찬 표정을 지은 것이다. 애원하는 듯한 야수── 효도 잇세이의 눈빛이 프린스의 가학적인 성향을 자극했다. 아무래도 벌을 줘야겠는걸……, 키바 유우토는 그렇게 말하면서 입꼬리를 슬며시 추켜올렸다」…….』

『——그…….』

신라 선배는 뭔가가 끊어진 것처럼 언월도를 놓치더니, 세이크리드 기어의 거울조차 소실시켰다.

『그만해애애애애애애애애애애애애애앳!』

그리고, 울먹거리면서 레이벨 양을 향해 뛰어가더니, 그 얇은 책을 빼앗으려 했다. 하지만 레이벨 양은 몸을 절묘하게 놀려 신라 선배의 손을 피하더니, 책을 계속 읽었다.

『「자, 나의 귀여운 야수 씨. 와일드한 네가 지금은 마치 아양 떠는 암캐 같은걸」, 「그렇게 말한 프린스는 가는 손가락으로 효도 잇세이의 단추를 하나씩 천천히 끌렀다」.』

신라 선배는 그 자리에서 무너지듯 주저앉더니, 치욕을 견디듯 새빨개진 얼굴을 두 손으로 감쌌다.

『죽어! 내 마음이! 내——. ……우에에에에에엥!!!』

하지만 레이벨 양은 인정사정 없이 계속 책을 읽었다.

『「자아, 나의 야수 씨. 귀여운 신음 소리를 내 보렴. 오늘 밤, 나는 성과 마가 뒤섞인 나 자신을 너에게 주입해 주겠어」, 「아아, 그럼……!」.』

『꺄아아아아아아아아아아아아아아아앗!』

전의를 완전히 상실한 신라 선배의 절규가 숲에서 메아리쳤다——.

잇세 군과 나의…… 그, 그렇고 그런 내용의 책 같은데…….

하하하, 어떤 반응을 보이면 좋을지 모르겠는걸. 하지만 창작은 개인의 자유이고, 내가 신라 선배의 창작욕에 참견할 권리는 없잖아. 잇세 군이 싫어한다면, 좀 생각을 해야겠지만…….

레이벨 양의 공격(?)에, 리아스 누나도 온몸을 부르르 떨었다.

"정말 무시무시하네. 레이벨 피닉스는 상대를 철저하게 깨부수는구나……."

코네코도 식은땀을 흘렸다.

"……레이벨은 적이 되면 누구보다 무시무시한 애군요."

시트리 권속은 사지 군을 잃고도 어떻게든 상황을 타개하려했지만, 잇세 군의 팀은 공격 멤버가 없는 상황에서도 독자적인 대처 방법을 동원해 선전하고 있었다.

시트리 권속이 이 불리한 상황에 어떻게 대처할지 지켜보자고 생각하던 내 눈에, 눈부신 섬광을 뿜는 모니터가 들어왔다.

그 모니터에는 필드의 상공에서 대기하고 있던 비나 레스잔 씨가 손 언저리에 막대한 마력을 만들어내고 있는 광경이 비치고 있었다.

비나 씨의 온몸은 어마어마한 질량을 지닌 아우라에 감싸여 있었다──.

……아우라의 양이 그야말로 엄청나. 최상급 악마…… 아니, 그 이상의 밀도와 질량이야.

상공에서 아우라를 뿜고 있던 비나 씨가 어떤 행동을 취할지 다들 지켜보고 있을 때…… 필드 한편에서 빛의 기둥이 생겨났다.

그 순간, 비나 씨는 그곳을 향해── 무시무시한 마력 공격을 날렸다!

한순간 빛이 반짝이더니── 다음 순간, 빛의 기둥이 생겨난 필드의 일부가 박살나고 말았다! 잇세 군이 용신화를 해서 날리는 포격에는 미치지 못하지만 그래도 광범위한 필드를 지워버릴 수 있을 정도의 공격이야……!

《「소나 시트리」 팀의 『룩』, 한 명 리타이어.》

선수의 리타이어를 알리는 아나운스가 들렸다. 드디어 사지 군 이외의 시트리 측 선수가 리타이어되고 만 것이다.

비나 씨가 상대를 어떤 식으로 해치웠는지를 알려주는 리플레이가 모니터에 나왔다.

시트리 팀의 『룩』 유라 양이 나키리 군과 싸우던 도중, 그녀의 목에 채워진 광력으로 된 링이 격렬한 빛을 뿜기 시작했다.

나키리 군은 그 빛을 보자마자 퇴각했고, 곧 비나 씨의 절대적인 마력 공격이 그곳에 작렬하면서 유라 양을 그대로 리타이어시켰다.

리아스 누나는 말했다.

"……시작됐어. 이제부터는 일방적인 유린이 펼쳐질 거야."

아케노 씨가 이어서 말했다.

"……비나 님에게 상공에서 마력을 연성하게 한 의도를 이제 알겠군요. 이리나 양의 저 빛의 고리가 시트리 권속에게 걸린 순간, 이미──."

……비나 씨를 상공에서 대기하게 한 것은 제공권을 거머쥐

는 것과 동시에, 이 공격을 위해 마력을 끌어올리고 있었기 때문이었구나…….

때가 되면 이리나가 기술을 해방해서 상대의 목에 걸려 있는 링을 빛나게 한다. 그리고 비나 씨가 그 상대를 저격하는 것이다.

저렇게 강렬한 빛을 뿜는다면, 상공에서 적이 어디 있는지 한눈에 파악할 수 있을 것이다.

《「소나 시트리」 팀의 『폰』, 한 명 리타이어.》

또 리타이어 보고가 들렸다. 유라 양과 마찬가지로 목에 링이 걸린 니무라 루루코 양이 비나 씨의 일격을 맞은 것이다.

……레이벨 양은 이런 수단까지 치밀하게 준비한 건가……!

리아스 누나가 말했다.

"레이벨은 시합 시작 전에 나에게 은밀히 이렇게 말했어. 『아마, 시트리 팀에는 지지 않을 것이다』라고 말이야."

"아마? 지지 않아?"

내가 되묻자, 리아스 누나가 대답했다.

"『아마』라는 말은, 지난번에 그들이 겪었던 「램페이지 볼」처럼, 상대를 격파하는 게 목적인 룰이 적용된다면 승부가 어떻게 될지 알 수 없다는 뜻에서 한 말일 거야. 하지만 그 애는 처음부터 승산이 있다고 여겼어. 이런 작전을 짰기 때문이기도 하겠지만, 그래도 그 애는 단언했어."

——잇세 님과 비나 님이 이 팀에 있는 한, 빈틈을 보이지만 않는다면 절대 지지 않을 거예요.

레이벨 양은 그렇게 단언했다고 한다.

리아스 누나는 눈을 가늘게 뜨면서 말을 이었다.

"……잇세와 비나 레스잔은 마왕급 이상의 실력자야. 그 두 사람을 상대하기 위해서는 시트리의 총력을 결집시키거나, 교묘한 책략을 동원하면서 사지 군이 잇세를 봉쇄하는 수밖에 없어. 하지만 그것도 무리였지. 잇세도 강하지만「일성의 적룡제」팀의 멤버들은 전부 강자야. 동료들의 능력 강화가 가능한 잇세와 로스바이세가 있으니 더욱 강해질 수도 있어. 게다가, 그들을 지휘하고 있는 이는——."

——레이벨 피닉스.

……류디거 로젠크로이츠 씨가 감독을 맡은 팀과 접전을 펼쳤던 그녀의 수완은 명계뿐만 아니라 다른 세력에게도 주목을 받고 있었다.

그리고 그녀는 이 시합에서도 잇세 군의 힘을 완벽하게 활용하고 있었다.

"룰이 정해진 순간부터, 레이벨은 승리를 거머쥐기 위한 전략을 담담하게 진행하고 있었던 거야."

리아스 누나가 말하자, 시그바이라 씨도 고개를 끄덕였다.

"화려하기 그지없었던 첫 수, 그리고 그 다음부터의 대처를 보면서 나도 그렇게 느꼈어."

그리고 리아스 누나는 단언했다.

"——소나는 시합이 시작되자마자 외통수에 걸려들었어. 그리고 유일하게 잇세에게 대항할 수 있는 사지 군이 진 순간, 팀의 패배는 확정된 거나 다름없는 거야. 이제는 누가 그녀를 잡느냐 하는 싸움이 되어버렸어."

그 말이 옳다는 듯이, 어떤 모니터에는 소나 선배가 궁지에 몰리는 광경이 나오고 있었다.

필드에 비친 것은 잇세 군이 아까 싸웠던 곳과는 다른 장소에 있는 연못가였다.

그곳에서는 소나 선배와—— 제노비아가 대치하고 있었다.

제노비아는 뒤랑달과 엑스칼리버를 양손에 쥐고 있었다.

소나 선배가 제노비아에게 물었다.

『이 승부에서는 당신들이 승리했어요.』

소나 선배는 자신의 패배를 순순히 인정했다.

『……졌다는 걸 인정하는 거야?』

제노비아가 그렇게 묻자, 소나 선배는 대답했다.

『예. 일단 끝까지 싸우기는 하겠지만, 저희는 초반에 외통수에 빠지고 말았어요. 필드가 파괴되면서 당신들 팀의 탐색이 편해졌을 뿐만 아니라, 상공에서 요격도 할 수 있는 상황이 됐으니, 저희가 할 수 있는 건 사지가 잇세 군과 일대일로 싸워서 이기기를 비는 것뿐이었죠.』

소나 선배는 자신의 패배조차도 담담한 목소리로 인정했다.

『다양한 책략을 준비했지만…… 그것도 레이벨 양에게 봉쇄당하고 말았습니다. 그리고 사지가 잇세 군에게 졌죠……. 잇세 군도 대미지를 입었겠지만, 아직 비나 레스잔 씨가 남아 있어요. ——체크메이트, 군요.』

『시트리 팀은 사지와 잇세의 대결에 모든 것을 걸었던 거야?』

『예. 잇세 군의 포격, 그리고 에르멘힐데 양과 나키리 군의 연계를 파악한 순간부터 상황을 불리하다는 걸 눈치챘죠. 그리고 상공에 있는 비나 씨를 발견했을 때, 이미 패배는 확정된 거나 다름없는 상태였어요.』

소나 선배는 눈을 가늘게 뜨면서 한숨을 내쉬었다.

『──레이벨 양은 저와 정면에서 싸우지 않음으로써, 저희를 궁지로 몰아넣었어요. 정말 무시무시한 아이군요.』

소나 선배는 그렇게 소극적인 발언을 입에 담더니, 곧 자신의 마력을 끌어올렸다.

물빛 아우라가 소나 선배의 온몸을 뒤덮었다.

『하지만 이대로 끝나선 리타이어한 아이들을 볼 면목이 없을 것 같군요. ──당신만이라도 제가 쓰러뜨리겠습니다.』

소나 선배의 눈동자가 요염하게 빛난 순간, 근처에 있던 연못에 변화가 일어났다.

연못의 물이 소용돌이치며 공중으로 떠오른 것이다. 연못의 물은 소나 선배의 마력 조작에 의해 어떤 형태로 변해갔다.

그것은 거대한── 몸길이가 10미터는 될 듯한 뱀 타입의 드래곤이었다!

그리고 열 마리가 넘는 매, 몇 마리의 거대한 사자, 그리고 셀 수도 없을 만큼 많은 늑대 무리도 물로 만들어냈다.

제노비아는 그 광경을 보고 놀라기는 했지만, 검을 거머쥐면서 소나 선배에게 이렇게 말했다.

『나도 당신과 싸움을 통해 이야기를 나누고 싶었어. 드디어

대결을 펼칠 수 있는 상황이 갖춰졌네.』

소나 선배가 제노비아에게 물었다.

『저와 싸우고 싶었던 건가요? 대화도 나누고 싶었다고요? 그건…… 학생회장으로서 인가요?』

제노비아는 즉시 고개를 끄덕였다.

『학생회장이 되고 나니, 당신의 전투 방식과 인생 등을 통해 전 학생회장이 지금까지 어떻게 살아왔는지 알고 싶어졌어.』

제노비아가 단호한 어조로 그렇게 말하자, 소나 선배는 약간 얼이 나간 듯한 표정을 지었지만…… 곧 재미있다는 듯이 웃음을 흘렸다.

『우후후후. ……제노비아 양답군요. 말이 아니라 싸움을 통해 알고 싶다니……. 그런가요. 이게 현 학생회장의 방식이군요.』

소나 선배는 얼굴에서 웃음기를 지우더니, 냉철한 표정으로 제노비아를 쳐다보았다.

그리고 소나 선배는 드래곤과 짐승 무리를 주위에 배치하면서 말했다.

『좋아요. 그럼 당신의 방식으로 학생회장을 이야기해 볼까요. ──이 수룡(水龍), 레비아탄과 짐승들을 통해서 말이죠. ……저도 나름대로 실력을 갈고닦았답니다.』

소나 선배가 손으로 지시를 내리자, 수룡── 레비아탄과 짐승들이 제노비아를 힘차게 덮쳤다!

제노비아는 옆으로 피하면서 검을 휘둘러서 성스러운 아우라를 레비아탄과 짐승들을 향해 날렸지만, 그 파동은 상대의 몸을 그대로 통과했다.

수룡은 아무 일도 없었다는 듯이 입을 벌리더니, 압축된 바늘 형태의 무언가를 수도 없이 토해냈다!

물을 마력으로 압축해서 단단하게 만든 후, 그대로 토해낸 것 같았다.

제노비아는 성검으로 그 바늘을 튕겨냈지만, 그래도 막아내지 못한 것들이 몸 곳곳에 꽂혔다. 그리고 그 바늘들은 마력을 잃자 물로 되돌아가면서 지면에 떨어졌다.

제노비아는 뒤랑달의 공격적인 아우라를 더욱 끌어올리더니, 거대한 파동을 뿜어냈다. 수룡과 짐승들도 그 아우라를 견뎌내지 못한 건지 마력을 잃고 물이 되어 지면에 떨어졌다.

하지만 소나 선배는 다시 연못의 물에 마력을 보내더니, 또 레비아탄과 짐승들을 만들어냈다.

소나 선배는 입을 열었다.

『당신의 체력이 먼저 바닥날지, 제 마력이 먼저 바닥날지…… 어디 한번 승부해 볼까요.』

그렇게, 물을 교묘하게 조종하는 소나 선배와, 물에 농락당하느라 결정타를 못 날리는 제노비아의 기나긴 싸움이 시작됐다.

그 사이에도 시트리 팀 멤버가 격파됐다는 보고가 계속 들어왔다. 그 와중에도 소나 선배는 물의 마력으로 제노비아를 과감하게 공격했다.

연못의 물이 있는 한, 소나 선배는 약간의 마력으로 공격 수단을 만들어낼 수 있다.

하지만 제노비아는 싸우면 싸울수록, 맞서면 맞설수록, 체력과 아우라를 잃었다.

제노비아는 이미 어깨를 들썩일 정도로 스태미나를 소모했다.

소나 선배가 만들어낸 짐승들은 계속 늘어났으며, 제노비아도 그 어마어마한 숫자에 제대로 대응하지 못했다. 소나 선배는 수적 우세를 이용해 제노비아를 해치울 생각이었다. 결국 제노비아는 셀 수도 없을 만큼 많은 짐승들에게 포위당했다.

소나 선배가 조종하는 짐승들은 단순히 돌격만 하는 게 아니라, 제노비아의 공격에 맞춰 모션을 바꾸고 있었다. 고도의 마력 조작이 그것을 가능하게 하고 있는 것이다. 그중에는 페인트를 섞는 짐승도 있었으며, 제노비아는 그 움직임에 농락당하고 있었다.

수룡── 레비아탄도 입을 통해 대량의 바늘을 발사했고, 전투가 벌어지고 있는 구역 일대가 예리한 바늘에 의해 파괴되었다. 나무도, 지면도, 바위도, 구멍이 뚫렸다. 갑옷을 걸치지 않은 제노비아가 저 바늘을 맞는다면 그대로 당하고 말 것이다.

……소나 선배는 넓은 범위에 이렇게 위력적인 공격을 펼칠 수도 있구나.

게다가 물과 마력만 있다면 얼마든지 보급이 가능했다. 성검에 의해 파괴되더라도, 금세 원상 복구되면서 공격을 다시 펼치는 것이다.

관전실에 있는 모든 이들이 소나 선배의 정밀한 마력 조작을 보고 눈을 동그랗게 떴다.

그 와중에도 제노비아는 숨을 헐떡이며 소나 선배에게 물었다.

『당신에게, 학생회는 뭐였지……?』

소나 선배는 물의 짐승으로 제노비아를 다시 포위하면서 말했다.

『자신과 권속들의 꿈을 이루기 위해, 학교와 학생들에 대해서 배울 수 있는 장소였어요. 그리고 학교에 다니는 이들과 깊은 유대를 쌓기 위한 장소——. 저는 학생회장으로서, 「학교」라는 것을 더욱 깊이 이해할 수 있었죠.』

제노비아는 소나 선배의 대답을 듣고 감명을 받은 것 같았다.

『……그랬구나. 역시 당신은 대단해. 나보다 훨씬 대단한 사람이야. 하지만 내 생각도 들어줬으면 해.』

『예. 저도 꼭 듣고 싶군요.』

제노비아는 당당한 목소리로 말했다.

『나에게 있어 학생회란, 아니, 쿠오우 학원이란! 기쁨도 즐거움도 경험할 수 있는, 모든 것이 꿈만 같을 만큼 멋진, 최고의 장소야! 나에게 있어 최고의 장소니까, 전교생에게도 최고의 장소였으면 해. ——쿠오우 학원에 다니는 모든 이들의 웃음은 내가 지키겠어! 그러기 위해서 학생회가 존재하는 것이며, 그러기 위해서 나는 학생회장이 된 거야!』

제노비아는 하늘을 올려다보며 외쳤다!

『——모든 학생들이 즐겁게 다니는 학교로 만들 거야!!』

소나 선배는 제노비아의 말을 듣고 놀란 듯한 표정을 지었지만, 곧 온화한 미소를 머금었다.

제노비아는 결의에 찬 표정을 지으면서 소나 선배에게 말했다.

『소나 전 회장, 당신과 비교한다면 내 두뇌는 짐승보다 못할 거야. 하지만 나에게는 나만의 방식이 있어!』

제노비아는 뒤랑달과 엑스칼리버의 성스러운 아우라를 최대한 끌어올리더니, 자신의 필살기를 날리기 위한 자세를 취했다!

두 자루의 성검을 교차시켜서 날리는, 제노비아의 최종수단이다. 그것으로 소나 선배가 조종하는 수룡과 짐승들을 없애려는 걸까? 하지만 레비아탄과 짐승들은 약간의 마력으로 부활시킬 수 있다.

제노비아는 교차시킨 두 성검을—— 연못을 향해 휘둘렀다!

『크로스×크라이시스으으으으!』

뒤랑달, 엑스칼리버, 이 두 전설의 성검을 교차시켜서 만들어낸 막대한 파동이 연못을 향해 방출됐다!

성스러운 파동이 잦아들자—— 방금까지 존재하던 연못이 완전히 소멸했다! 거대한 구덩이가 존재하는 그 지면에는 단 한 방울의 물도 남아있지 않았다! 그와 동시에 제노비아를 포위하고 있던 수룡과 짐승들도 소멸됐다!

『……앗! 연못을……!』

소나 선배는 제노비아의 이 어이없는 행동을 보고 경악했다.

제노비아는 수룡과 짐승들, 그리고 물을 잃은 소나 선배에게 쇄도했다!

소나 선배는 자신의 아우라로 마력 공격을 펼쳤지만, 제노비아는 성검으로 그 공격을 쳐냈다!

신체능력만 본다면, 소나 선배는 제노비아에게 절대로 이길 수 없다.

『소나 전 회장, 당신은 내가 잡겠어어엇!!!』

소나 선배가 펼친 방어형 마방진을 간단히 박살낸 제노비아는 그대로 소나 선배를 벴다!

치명상을 입은 소나 선배가── 리타이어의 빛에 휩싸였다.

『……이것이, 새로운 학생회장의 힘이군요…….』

시트리 팀의 『킹』은 그 말을 남긴 후, 만족스러운 표정을 지으며 리타이어의 빛에 휩싸였다──.

곧 아나운스가 들려왔다.

《「소나 시트리」 팀의 『킹』, 리타이어.》

그 모습을 본 리아스 누나는 눈을 감으며 이렇게 중얼거렸다.

"……멋졌어, 사지 군. 소나."

그리고, 승자를 알리는 아나운스가 필드와 시합장에 울려 퍼졌다.

《승자──「일성의 적룡제」 팀!!!》

──잇세 군의 팀이 승리했다.

시합이 끝난 후, 관전실을 나선 그레모리 팀은 복도를 걸으면서 이야기를 나눴다.

"⋯⋯코네코, 엄청난 애가 너와 같은 세대에 있는 것 같네."

"⋯⋯리아스 언니. 저는 알고 있었어요. 그 애는, 레이벨은 항상 남들과 다른 시점에서 매사를 살피고 있었죠."

코네코는 진지한 표정으로 말했다.

"레이벨은 괴물이에요. 전투만으로 본다면, 그 애와 잇세 선배의 조합은, 리아스 언니와 잇세 선배의 조합과는 다른 강점을 지니고 있어요."

평소 이런 말을 입에 담지 않는 코네코가 그렇게 말하자, 리아스 누나는 자신만만한 미소를 지었다.

"후후후, 딱 잘라서 말하는구나. 그렇다면── 역시 그 애를 능가하는 괴물을 더 준비할 필요가 있을 것 같은걸."

이 직후, 리아스 누나는 「천계의 폭거」라 불렸던 바스코 스트라다 예하를 설득해서 자신의 진영에 끌어들이는데 성공했다.

New Line.

　시트리 팀과의 일전을 치르고 며칠 후——.

　나는 하굣길에 사지와 함께 어떤 장소로 향하면서 즐겁게 이야기를 나눴다.

　"신라 선배가 작가로 데뷔하는 거야?!"

　나는 깜짝 놀랄 수밖에 없었다! 느닷없이 신라 선배의 작가 데뷔 소식을 접했으니까 말이야!

　"응. 그 시합에서 얻은 가장 충격적인 소득일지도 몰라."

　사지도 그렇게 말했다.

　신라 선배는 그 시합이 끝난 후 명계의 여러 출판사로부터 출판 제안을 받아서, 작가로 데뷔할지도 모른다고 한다. 명계 여성들이 그 동인지의 내용에 관심을 가졌다고 하는데…….

　……나와 키바가 나오는 그렇고 그런 이야기가 출판되는 것에는 단호하게 반대하지만 말이다! 하지만 인생이라는 것은 정말 한 치 앞도 알 수 없다는 생각이 들었다.

　우리는 그런 이야기를 나누면서 사지의 집 근처에 있는 역에서 열차를 내린 후, 그대로 그의 집으로 향했다.

　시합이 끝난 후, 나는 다시 사지의 집에 놀러 가기로 했다.

현관문이 열리자, 사지의 남동생인 겐고가 우리를 향해 뛰어왔다.

"형, 어서 와! 아, 카스텔라 형이다!"

"안녕, 겐고. 잘 지냈어?"

나를 기억하는 것 같기는 한데…… 카스텔라 형이라. 아무렴 어때.

나는 거실로 이동하면서 겐고에게 물었다.

"그러고 보니 겐고는 얼마 전에 같은 유치원에 다니는 애와 싸워서 이겼다며?"

내가 그렇게 묻자, 겐고는 의기양양한 목소리로 손짓발짓을 섞어가면서 당시의 상황을 설명했다.

"응. 이렇게 해서, 이렇게 한 다음에 이렇게 했더니, 료가 먼저 울음을 터뜨렸어!"

사지는 그 보고를 듣더니 멋쩍은 목소리로 말했다.

"그래. 대단하네. 하지만 형은…… 지고 말았어."

사지는 동생인 겐고의 머리를 쓰다듬어주면서 나를 쳐다보더니, 이렇게 말했다.

"——하지만 이 형도 세다는 걸 상대방한테 가르쳐 줬다고."

……그래. 진짜 강했어. 너무 강해서……. 언젠가 또 싸우고 싶다는 생각마저 들었지.

하지만 당분간은 그렇게 안면에 주먹질만 해대는 싸움은 사양하고 싶네. 시합이 끝난 후에 엉망이 된 내 얼굴을 본 제노비아는 웃어댔고, 아시아는 울음을 터뜨렸으니까 말이야.

잠시 후, 인터폰이 울려서 사지가 현관에 가보니——.

"안녕."

"늦어서 죄송해요, 사지. 저도 준비를 돕겠어요."

리아스와 소나 선배가 왔다.

그렇다! 사실 오늘은 신구 오컬트 연구부 멤버들과 시트리 팀이 사지의 집에 모여서 놀기로 했다! 시합이 끝났으니 동료들이 한 자리에 모여서 교류회를 가지기로 한 것이다.

소나 선배가 그렇게 말하자, 사지는 당황했다.

"아뇨! 저와 여동생이 할 테니까, 회장님은 앉아 계세요!"

사지가 그렇게 말했지만, 리아스와 소나 선배는 부엌을 점거하더니 사온 식재료를 이용해 요리를 하기 시작했다. 소나 선배의 요리 실력은 그야말로 괴멸적이었기에 리아스가 주로 요리를 하는 것 같았다.

사지의 여동생인 카호는 두 사람을 돕던 와중에 불쑥 뭔가를 꺼내서 보여줬다.

"참, 겐 오빠. 소나 씨의 친구 분이 겐고에게 줄 선물이라면서 이런 걸 보냈어."

다 같이 그 선물을 확인해 보니, 그것은 아가레스 령에서 온 것이었다.

"……시그바이라가 보낸 것 같군요."

소나 선배가 그렇게 말했다.

선물을 열어보니—— 안에는 프라모델 상자와 Blu-ray의 BOX가 들어 있었다.

"……던감의 프라모델과 BD BOX?"

……나는 그렇게 중얼거렸지만…….

당사자인 겐고는 진심으로 기뻐하며 프라모델 상자를 들어올렸다.

"로봇 장난감이다! 형, 만들어 줘!"

"……나, 초등학생 때 탱크를 만들어 본 이후로 프라모델을 만들어 본 적 없다고……."

리아스는 상자를 보면서 이렇게 말했다.

"어머? 괜찮아, 사지 군. 이건 조립이 간단한 최신형 같아."

"……리아스, 그걸 어떻게 알아?"

리아스가 던감에 대해서 아는 듯한 발언을 하자, 나는 좀 신경이 쓰였다.

"당신과 코네코, 시그바이라와 에르멘힐데까지 던감을 알잖아? 교류의 일환 삼아 좀 조사해 봤어. 우선 초대부터 전부 볼 생각이야."

맙소사! 리아스까지 던감을 보기 시작한 거야?!

왠지, 시그바이라 씨의 마수가 점점 우리에게 뻗어오는 것 같지 않아?! 상대가 질리지 않도록 무턱대고 권하지는 않으면서 은근슬쩍 던감을 포교하니, 동료들도 차례차례 관심을 가졌고…….

결국 대회 시합에도 영향을 끼치고 있으니, 다들 무시할 수 없게 된 것 같은 느낌이 들어!

……시그바이라 씨의 무시무시한 작전은 이제부터 본격적으로 시작되려는 걸지도 모른다.

──아무튼, 이런저런 일이 벌어지는 와중에도 사람들이 사지의 집에 속속 모였다.

"실례합니다."

키바가 도착했고…….

"이것저것 사왔어."

제노비아가 선물을 사들고 왔으며…….

"아, 요리를 도울게요."

아시아가 부엌으로 향했다.

시트리 팀의 멤버들도 모였다. 다 같이 테이블에 둘러앉자, 니무라 양이 입을 열었다.

"오늘은 츠바키 씨의 작가 데뷔를 축하하는 자리네요!"

"……왠지 기쁘면서도 마음이 복잡하네요."

신라 선배는 마음이 복잡해 죽겠다는 듯한 표정을 짓고 있었다.

사지의 여동생인 카호는 장난기 어린 미소를 지으면서 레이벨에게 말했다.

"레이벨 씨, 또 츠바키 씨의 책을 낭독해 주세요."

신라 선배는 그 말을 듣더니, 키바와 내가 눈앞에 있기 때문인지 시합 때보다 더 당황하며 항의했다!

"저, 절대 안 돼요오오오오오오오!"

이런 분위기 속에서 오늘의 모임이 시작되었을 즈음…… 사지는 남동생인 겐고에게 은근슬쩍 물었다.

"겐고, 오늘은 어때?"

겐고는 거실에 모인 형의 친구들을 보면서 활짝 웃었다.

"응! 다들 재미있는 사람들이라 즐거워! 형, 친구가 많아서 좋겠네!"

그래. 사지는 친구가 많다고.

어이, 사지. 앞으로도 너희 집에 자주 놀러올게.

시합 때는 죽기 살기로 싸웠지만, 평소 나와 너는 끈끈한 우정(라인)으로 이어진── 친구잖아. 앞으로도 쭉 친하게 지냈으면 좋겠는걸──.

작가 후기

오래간만입니다. 이시부미입니다. 이번 권은 DX인데도 전부 새 에피소드입니다.

그럼 이번 권에 대해 간략하게 이야기해 보겠습니다.

사이라오그 VS 조조! 꼭 한번 써 보고 싶었던 일전입니다. 지금까지의 삶을 통해, 두 사람이 라이벌 관계가 되어줬으면 좋겠다는 마음으로 서봤습니다. 조조의 과거도…… 처절하죠.

조조 팀의 환상술사인 마르시리오는 『판타지아 문고 25주년 애니버서리 북』이라는 책의 D×D 특별편 「리아스 디 원더랜드」에서 등장했습니다. 그 이야기는 영웅편(3장)의 완결편이니 관심이 있으신 분은 체크해 주십시오.

페르세우스는 이번에 처음 등장했습니다. 뭐, 어느 조직이나 탈퇴한 멤버가 있기 마련이니까요.

게다가 전직 영웅파 멤버는 대부분 밸런스 브레이커를 어비스 사이드로 조정한 상태입니다.

다음은 시트리 전에 대해 이야기해 보겠습니다. 레이벨과 소나의 책략 대결도 고려해 봤습니다만 레이벨의 시점에서 생각해 볼 경우, 「그녀는 잇세와 비나라는 두 장의 카드를 가지고 있는데, 소나와 전술로 정면대결을 펼칠까?」라는 의문이 들었습니다. 그래서 이번에는 잇세 팀이라서 가능한 전략으로 소나 팀을 궁지에 몰았습니다. 여전히 흥과 페이스를 중시하는 허점투성이의 싸움이며, 오류가 광대한 필드 전체를 커버하려면 대체 부적을 몇 장이나 준비해야 되는 거냐 같은 딴죽을 걸 수도 있을 것 같습니다만, 애교로 여겨 주시길.

잇세와 사지의 싸움은⋯⋯ 5권에서 제가 미처 담지 못했던 부분이 있었기에, 그런 점을 고려해 「이 녀석들이라면 당연히 이런 식으로 싸우겠지」 싶은 진흙탕 안면 펀치 대결로 꾸며 봤습니다. 사지의 설정도 5권에서 그리지 못했던 부분이 많았으며, 재대결을 할 때까지 사지의 가정사에 대해 다루지 않기로 결정했습니다. 그래서 약 20권 가량이나 걸린 끝에 썼군요.

인공 세이크리드 기어의 밸런스 브레이커, 「카운터 밸런스」도 이번에 처음으로 등장했습니다. 사실 설정 자체는 애니메이션 3기 BD 특전 소설에서 나왔습니다. 소개하지 못한 시트리 멤버의 「카운터 밸런스」는 다음에 또 다루고 싶습니다. 일단 전원이 도달하긴 했습니다.

아, 시그바이라가 이번에도 나왔습니다만, 그녀의 주 무대는 DX이니 앞으로도 계속 나올 겁니다.

감사 인사를 드릴까 합니다. 미야마 제로 님, 담당 편집자이신 T님, 항상 신세 많이 지고 있습니다.

그리고 이 자리를 빌려 발표할 게 있습니다. 「판타지아 Beyond」와 〈카쿠요무〉에서 게재 중인 하이스쿨 D×D 세계관의 이야기, 「타천의 구신(狗神) ──SLASHDØG──」이 후지미 판타지아 문고에서 나옵니다. 일러스트는 키쿠라게 씨가 담당해 주십니다. 웹판 게재분은 물론이고, 그 후의 내용도 문고를 통해 시리즈화되게 되었습니다. 이쪽도 D×D 본편+DX와 함께 완결까지 응원해 주시면 감사하겠습니다. 현재 11월에 1권이 발매될 예정입니다. 자세한 정보는 드래곤매거진 등에 실릴 예정입니다. 그럼 효도 잇세이의 이야기, 그리고 그 전일담인 이쿠세 토비오의 이야기를 함께 지켜봐 주십시오.

그리고 〈카쿠요무〉 쪽 계정을(꽤 예전에) 취득했습니다.

URL:https://kakuyomu.jp/users/ishibumi_ichiei

뭔가 게재할 수 있다면 재미있을 거라고 생각합니다. 최우선은 D×D(본편+DX)와 슬래시독이라고 생각하고 있으니, 뭔가가 게재되면 운이 좋았다 정도로 여기며 느긋하게 기다려 주십시오.

다음은 D×D 본편과 슬래시독 1권이 동시에 발매될 예정입니다. 국제대회 예선편도 이것으로 마지막! 리아스 팀 대 발리 팀의 대결이 벌어지는 와중에, 잇세 팀은 드디어 신급 존재인 비다르 팀과 싸우게 됐습니다! 다음은 코네코와 쿠로카가 메인입니다! 예선을 돌파한 열여섯 팀은 어떻게 될 것인가!? 젖룡제와 구신의 신간을 고대해 주십시오!

역자 후기

안녕하십니까. 『하이스쿨 D×D』의 번역을 담당하고 있는 이 승원입니다. 『하이스쿨 D×D DX』 4권을 읽어주셔서 감사합니다.

지금까지 DX는 단편집이었습니다만, 이번 권은 완전 신작이었습니다. 사나이와 사나이의 뜨거운 혈전! 힘과 기술의 대결인 사이라오그VS조조도 좋았습니다만, 인연의 대결이라 할 수 있는 잇세이VS사지도 화끈했습니다.

방어와 회피를 도외시하며, 서로의 얼굴을 향해 펀치만 날려대는 난타전! 사나이라면 흥분할 수밖에 없는 대결이죠.

잇세 팀과 시트리 팀의 대결 자체는 레이벨의 전략과 압도적인 파워를 통한 원사이드 게임이었습니다만, 첫 패배 이후에 잇세 팀이 어떻게 성장했는지 드러나는 대결이었습니다.

……그래도 에로 요소가 좀 약한 점이 아쉽습니다. DX인 만큼, 그런 부분을 고대했던지라……ㅠㅜ.

그럼 이만 줄이겠습니다.

재미있는 작품을 저에게 맡겨주신 노블엔진 편집부 여러분, 크리스마스에 쳐들어와서 비상식량인 고구마를 다 먹어치우고 간 악우(惡友)들, 그리고 이 작품을 구매해 주신 독자 여러분들에게 진심으로 감사드립니다.

　다음 권 후기 코너에서 다시 뵙겠습니다!

2017년 12월 말

역자 이승원 올림

하이스쿨 DXD ——— DX.4

2018년 02월 25일 제1판 인쇄
2018년 03월 01일 제1판 발행

지음 | 이시부미 이치에이
일러스트 | 미야마 제로
옮김 | 이승원

펴낸이 | 임광순
제작 디자인팀장 | 오태철
편집부 | 황건수 · 신채윤 · 이병건 · 이홍재 · 김호민
디자인팀 | 박진아 · 박창조 · 한혜빈
국제팀 | 노석진 · 엄태진

펴낸곳 | 영상출판미디어(주)
등록번호 | 제 2002-000003호
주소 | 21311 인천광역시 부평구 평천로 132 (청천동)

전화 | 032-505-2973(代)
FAX | 032-505-2982

ISBN 979-11-319-7300-4
ISBN 978-89-6730-068-5 (세트)

HIGH SCHOOL DxD DX. 4 SEITOKAI TO LEVIATHAN
ⓒIchiei Ishibumi, Miyama-Zero 2017
First published in Japan in 2017 by KADOKAWA CORPORATION, Tokyo.
Korean translation rights arranged with KADOKAWA CORPORATION, Tokyo.

노블엔진(NOVEL ENGINE)은 영상출판미디어 (주)의 라이트노벨 및 관련서적 브랜드입니다.